OMENỤKỌ

PITA NWANA

An Official Orthography Edition

J. O. Iroaganachi

Tony Kamen

PITA NWANA © 1933

First published by Longman in 1935

Reprinted by NEO BOOKS © 2015

NEOANCESTORIES@GMAIL.COM

Book is currently available in Open domain

First Novel written in IGBO language

NEOBOOKS helps readers, educators and researchers by bringing back in print hard to find original publications to preserve the legacy of literacy history. The following book represents an authentic reproduction of the text as printed by the original publisher, and may contain errors and prior copyright references. Because the work is culturally important, we have made it available as a part of our commitment to protecting, preserving and promoting the world's literature

ISBN: 979-8-89693-999-3

CONTENTS

Isi IHE E DERE

N'akụkụ obodo anyị n'ime Africa, okwu a dị ka iwu e nyere onye; a na-asị ma ọ bụrụ na onye ọ bụla ọgaa n'obodo ọzọ bịrị n'ebe ahụ dị ka obịa; ma ọ dị mma, ma ọ bụ onye ebere, ma ọ bụ onye amara, ma ọ bụ onye na-ekpe ikpe n'ụzọ ziri ezi, mgbe dum ihe ụfọdụ ga na-echetara ya na onwe ya bụ obịa, n'ala ahụ, ọ ga na-etikere onwe ya na ọ ghaghị ila obodo ebe a mụrụ ya. Mgbe ọ bụla a tụrụ ya n'ihu, ma a gwawara ya agwawa na ọ bụ obịa, ọ ghaghị ila.

Iwu a sịrị ike. Ya mere onye ọ bụla nwe nwere ihu ojoo nke mere ka ihere mee ya n'ụzọ ọ bụla, ọ ga-akwara ihe ya laa. Mgbe ọ rụrụ obodo nke a mụrụ ya, ọhụ nke ọ ga-ezute ọga-akwụ- ghachị ya ụgwọ karịa ihe ahụ dum ọ hụrụ n'obodo ahụ ebe ọ nọrị dị ka obịa. Ọnụ na obi ụto ka ndị ya ga-eji hụkwa nlaghachị ya. Na mgbe ọma ọ ga-ezị ndị ya ezi ihe ọ mụtara n'ọpụpụ ọ pụrụ, ọ ga-enwekwa oghere iwere ihe ahụ ọ mụtara rụọ ọrụ n'obodo nke ya. Ihe ndị a nile ga-ejịkota obi ya n'ọtụ n'ọnụ ọtụ, na-asị, "Obodo ọma, obodo ọtọna," dị ka akụkọ dị n'ime akwụkwọ nke a ga-ezị.

ISỊ MBỤ
MMALITE ỊZỤ AHỊA OMENỤKỌ

Omenụkọ nwẹrẹ nne na nna. Nne ya mụrụ ha ụmụ ndikom ahọ na ụmụ ndinyom abụọ. Nne ha na nna ha bụ ndị ogbenye. Ha enwẹghị ego ukwu, ma ha nwẹrẹ ji, ma ọ bụghị ọtụtụ. Ebe ha enwẹghị ego, ha weere ụmụ ha ndikom nye n'aka ndị ahịa bụ ndị na-azụ, na-ereakwa, ka ụmụ ha wẹrẹ mụta ịzụ ahịa. Ma nwoke nke ahụ a na- akpọ Omenụkọ nọduru n'aka onye na-ezi ya ịzụ na ire wee tolịte. Aha onye nwe ya bụ Omen- ugbọjị. Nna ya ukwu wee nye ya ihe ọ ga-ejị malite ịzụ ahịa nke ya. Omenụkọ wee kelee nna ya ukwu ekele nke ukwu. Omenugbọjị sịrị ya, "Ka ihe dịkwara gị mma; ka ndị gị feekwa gị ofufe dị ka i fere m. Gaa nke ọma."

Omenụkọ wee zuwa ihe nke aka ya, ma ọ na-akwụnye n'ọnụ n'ọnụ ya ukwu. Omenugbọjị wee na-azụ ọ wee ruo mgbe ọ nwetara ego nke ga-ezuru ya, ọ hapụ nna ya ukwu.

Na mgbe ahụ ọ nwẹrẹ nta nka na-eso ya na-enyere ya aka n'ịzụ, na n'ịre ahịa ya. Mgbe afọ na-aga n'ịzụ ahịa ahụ, ọ nweta ndị ọzọ a na-akpọ 'Ndị na-ebu ihe'. Ya nweta na-etogosị na-aga n'ịbụ n'ịba uba. Mgbe ọtụtụ mmadụ hụrụ na ọ mụtara ịzụ na ịre ahịa, ufọdụ wee nwa ha nye ya ka ọ zị ha ụzọ ha ga-esị azụ ahịa.

Mgbe ọ na-edụ ọtụtụ mmadụ aga ahịa, ọ wee ruo n'otu oge iju. Omenụkọ wee zọọ otu n'otu ihe, ndị ibi ya na-ebu, na ịbụ nke ndị ọ na-ezi ịzụ ahịa. Ha dum wee bilie n'isi ụzụtụ n'ime ala anyị ga- otu ike ha ha. Ha rarụrụ ụra n'otu obodo a na-akpọ Umụdụrụ Nsọ Ofọ. Chị wee boo, ha ebilikwa ruobodo ọzọ a na-akpọ Ezi Nnachị. Ma site n' Umụ Nduggdi Lolo ruo n'Ezi Nnachị miri mara ha nke mere ka ha raru ụra n'ebe ahụ. Mgbe chi bọrọ ha wee bilie, ma mgbe ha dum ruru otu miri a na-akpọ Ịgwụ, miri ahụ bụ oke miri dị ukwu. Ọ tọrọ eto n'ihi oke miri ahụ nke zoro n'ụnyahụ. Miri ahụ nwẹrẹ ogwẹ a na-esị agafe ya. Ome- nukọ na ndị ya wee rịgoro n'ogwe miri ahụ ka ha gafee.

Mgbe ha dum guzoro n'elu ogwẹ miri, eriri dum nke e ji kee ya wee dobịsie. Omenụkọ na ndị ibi ya na ndị ọzọ ahụ a na-ezi ịzụ ahịa wee daba n'miri. Ọ dịghị onye ọ bụla chetara ebe ọ nọ. Onye ọ bụla n'ime ha na-achọ izopu onwe ya tụtụrụ obasị. Dị N'Elu emee ebere mmadụ dum wee pụta. Ọ dịghị onye ọ bụla miri miri. Ma ihe mere ka miri ghara iri onye ọ bụla bụ nke a. Madụ nịle n'ala anyị maara

Ịgwụ miri. Anyị ga-amata nke a site n'ahụ nwunye Omenụkọ. Ọ bụ nwa agbọghọ ma ya onwe ya maakwaara Ịgwụ miri dị ka ndị ọzọ maara.

Miri ahụ tojuru etoju, n'ihi ya ihe nile ha bu aga ahịa furu n'ime miri ahụ. Ụrọ ma ọ bụ…

Omenụkọ na ndị ibu wee daba na miri.

atakere na ihe dị ka nkume juputara na miri ahụ nke mere ka miri ahụ na-aga ngwa ngwa, ngwa ngwa. Ọ burụ na ihe ọ bula adaña na miri ahụ ọ ga-eburu ya n'ọtụ mgbe ahụ bụfuo. Madụ agaghị enwekwa ya ọzọ. Site n'ịhị ya, ihe nile Ọmenukọ nwere, bụ ihe nile ọ jịị burụ ọgaranya wee gwụsịa n'ọtụ ntabi anya ahụ.

Ọmenukọ wee saghee onụ ya tie mkpụ, sị, "Ọbasi Dị N'Elu, ọ bụ gini mere ị ga-ejịị mee ka m burụ ọ dị ndụ onwụ ka mma?" Madụ nile, ndị gaịa ahụ wee sọrọ ya kwaa akwa n'ihi ihe ya dum fụnahụrụ ya. Ọ wee sị ndị ya nile ka ha laghachị n'Ezi Nnachi. Ha wee laghachị dị ka ọ gwara ha. Mgbe ha ruru n'ebe ahụ, ndikom na ndịinyom bi n'ala ahụ sọọrọ ya kwaa akwa n'ihi ihe nile mere ya. Ma ihe ị ga-amata bụ na akukọ ihe mere ya n'ime miri ahụ erughị obodo anyị n'ihi na ndị ala anyị agaghị ije mkpụrụ ụbọchị atọ site n'obodo anyị. Ma ọ cịghị onye ọ bula maara ihe dị Ọmenukọ n'obi n'ụbọchị ahụ.

E mesịa, Ọmenukọ kpokọtara ndị ibu ya na ndị ọ na-ezị izụ ahịa, sị ha, "A sị na anyị alaghachị azụ ruo obodo anyị ghara ije ahịa nke anyị maliterele, ọ ga-abụ ihe a na-akpọ ihe rụrụ arụ n'anya, ma n'anya nna nna anyị ha ma n'anya Ọbasi Dị N'Elu."

Ọmenukọ wee sịkwa ha, "Biko, nweenụ ntachi obi ka anyị wee rụọ ahịa nke a, n'ihi na amụtara m ihe nke a site n'aka nna m ukwu bụ Ọmenụgbọjị." Ọ kọọrọ ha akụkọ banyere ọtụ nwoke aha ya bụ Akpo, onye Itụ, otu ụgbọ ya sị kpụọ ihụ n'Anyịim, nye bụ oke osịmịrị. Ihe ya dịm dị n'ụgbọ ahụ wee fụsie, ma nwoke ahụ bụ Akpo alaghachịghị azụ, kama ọ garuru ahụ ahụ.

Ha dịm wee kweere, malite ije ha. Ma ndị ahịa ndị ozọ jiiri otu mkpụrụ ụbọchị jenahụ Omenụkọ na ndị ya. Site na nke a, ndị ahịa ndị ozọ biịe n'obodo ka taa, Omenụkọ na ndị ya ewere rute obodo ahụ n'ọtụ ụbọchị ahụ. Ha na-eje otu ahụ wee ruo ebe a na-aga ahịa, bu Bende. Omenụkọ na ndị ya wee batakwa na Bende n'otụ ụbọchị ahụ na mgbe anyasị. Ma akụkọ banyere ihe mere ya nke bụrụ ụzọ ruo Bende bụ na Omenụkọ achọghị izu ihe dị otufo n'oge ije ahụ. Ọ chọghịkwa izu ike. N'ime abalị ahụ ha ruru Bende, o wee jekwuru ndị enyị ahịa ya, ndị nke na-agba ya madụ, sị ha, "Bịaụnu ụgbụ a n'abalị, m jiri ihe ahịa bịa." O wee kọọrọ ha akụkọ banyere ihe mere ya na mịrị, na otu ihe ya dum si fụsie, na ihe fọdụrụ ya bụ madụ ole na ole ndị a. Ndị enyị ahịa ya wee tie mkpu sị, "Hee, hee, ọ bụrụ na i zutaghị otufo madụ n'oge ije a, a gara isi ahia kọọ nke a?"

Ọ sị, "Ihe ahia m gaara ịgwụsị kpami kpam." Ha wee bịa. Omenụkọ wee resie ụmụ ntakịrị ahụ, ndị na-amụ izụ na ire ahịa, reekwa ufodu n'ime ndị ibu ya, ndị bụ ụmụ okorobịa, reekwa otu nwana na nwoke. N'ime madụ ndị a dị ọgịni onye maara ihe Omenụkọ na-achọ ime ha. Omenụkọ wee kpokọtaa ndị nile o rere ere na n'nwanna ya ahụ, sị ha,"Nwoke a, na-akpọ Mazị Oji, nwere omikọ n'ahụ m n'ịhị ihe mere m n'oge ije a. O wee sị m na ọ bụ ihe ihere dị ka otu ihe nile m jịị azụ ahịa fụsịrị, na otu m ga-esị site n'ebe a gbaga aka efu lan obodo anyị, ma na ndị ibu m dum. Site n'ịhị nke a, ọ sị m ka mụ na ndị ibu m ụfọdụ sọrọ laa taa, ma nwanna m nke a na ụfọdụ ndị ibụ nodụ ruo abalị atọ ka ya bụnye ụnụ ihe ụnu ga-ebụghachịrị m, ka m jide ya aka wee na-ekụ ume ndụ."

Ọ wee wee ego dum o rẹtara na ndị nile o rere ere, zụsịa ihe dum madụ jịị ala ahụ, kechie ibu ya, sị ndị iịị, "Bụlenu."

Ọ hapụrụ ndị nile o rere laa. O wee gwa ndị ibu ya sị ha ebị o bụ na ọ dịghị onye ọ bụla ya keere ibụ dị arụ, na ha ga-eje ije mkpurụ ụbọchị abụọ n'otụ mkpurụ ụbọchị, n'ịhị na iwe juru ya n'obi karia. Ha dịm wee kweere ya dị ka ọ kwụru. Mgbe ha na-eje n'ụzọ, Omenụkọ nọ na-echịe ihe ọ ga-eme banyere ụmụ ndị ozọ o refụsịrị. Mgbe ahụ mụmuo ya na-ama

ya ikpe na ihe o mere adịghị mma, bụ irefụsị ụmụ ndị
ozọ ahụ n'ịhị na ihe mere ya abụghị uka madụ, kama
ọ bụ uka Ọbasị Dị N'Elu. Ha wee ruo ala anyị na
mgbe anyasị.

ISỊ NKE ABỤỌ

IHE OMENỤKỌ MERE MGBE O RURU ỤLỌ YA

Ọ dịghị onye ọ bụla nụrụ ihe mere n'ụzọ ije n'ịhị na ndị ahịa erutebeghị ụlọ ma ọlí, ọ bụ nanị. Omenụkọ na ndị ibu ya ụfọdụ, ndị ọ na-ereghị, ndị ọ dúrụghị laghachị azụ. Ọ dịghị onye ọ bụla nụrụ na ihe ya dum fusịrị na miri. Otú aka ahụ kwa, ọ dịghị onye ọ bụla matara ihe mere ndị ibu ya na ndị na-amụ izụ ahịa n'aka ya.

Ọ dịghị onye ọ bụla nụrụ ihe ahụ, ya mere ọ dụrụ nwannè ya nke tọrọ nke nịta, sị ya gaa n'ụlọ ndị isi obodo anyị na n'ụlọ ndị ọzọ, bụ ndị mụrụ ụmụ ntakịrị ahụ dum', ndị na-amụ izụ ahịa na ndị ibu ya, sị ka a haara ha na ya, bụ Omenụkọ, na-akpọ ha n'ịsị ụtutụ echi ya, ka ya kọọrọ ha ihe mere ya ji wee lọghachị mgbe ndị ahịa aka-afloghị. Ọ wee sịị nwannè ya nwoke, ya gwa ha ya sịị ha na ọ dịghị mmà ka ihe ọ bụla gbọọchie ha ibi n'isi ụtutụ ahụ, n'ịhị na, "Akwọ adịghị aghọ ọzọ ebịhie n'efu.

" Nwannè ya nwoke wee gaa n'ụwa, gwa ha dum ọtụ a gwara ya kwuo. Ma ụfọdụ n'ime ndị a gwara okwu a bụ ndị obi lụrụ miri, ha wee bilie n'abalị ahụ ka ha hụ ya anya tutuu chị aboọ, ma e leghị anya ọ ga-akọrọ ha isi okwu a n'abalị ahụ. Mgbe ndị ahụ batara n'ụlọ ya, ha ekpúee ya n'ụlọ, ọ kweee ha nke ọma. Hà wee sị ya na n'ọtụ nke ya tụrụ madụ nilè egwú. Ọ wee sị ha na ya ọnwe ya chọaghị ịbịị n'èhihie echi ma ya hụchaa ndị ya chọrọ ihu n'ịhị na ndị ibu ya nọrị na Bende, ha na ụmụ ntakịrị ya. Mgbe ọ kwusịrị nke a, ọ sị ha, "Bikọ, haanụ n'abalị a n'ịhị na ike agwụka m." Ha wee laa. Mgbe ha lasịrị, ọ wee tamuọ sị ha, "Ndị ọjị ọzọ agbakwu ogu amaghị na ọgu bụ onwu." Ọ rụọ mgbe ihe ndị a gasịrị Omenụkọ wee kpọọ nwannè ya nke sọ ya, ahụ ya bụ Ọkọraafọ, kpọkwa nne ọzọ a na-akpọ Nhịahyeze. Ọ kpọghị nke ntà n'ịhị na ọ dị ntà. Ọ wee juọ ụmụ nnè ya madụ abụọ ndị a ahụ, sị ha, "Ọ burụ nà a sị na eree m ndị ahụ na-amụ izụ ahịa n'aka m, na ndị ibu m, gịnị ga-abụ onọdụ m ọzọ n'ụwa nke a?" Ha wee sị ya na ọ dighị ụto na n'ihi iju ihe dị otu a. Mgbe ahụ ka ọ malitere ikọrọ ụmụ nnè ya ihe mere ya n'ụzọ, otu ihe ya dum, na ndị ya dum na ya onye ya sịrị rigoro ogwe miri, na otu miri ahụ, bụ Igwú, sịrị dọbisie eriri e jiri kee ogwe ahụ. Hà dum wee dakpụọ na miri, na dị ka Ọbasị Dị N'Elu sị wee zọputa madụ dum, ọ dighị onye ọ bụla miri ahụ riri, kama ha ihe ya dum fusiri. Nna nnà anyị ha, na Ọbasị Dị N'Elu emee ya ọ dị ndụ, ma onwu ka mmà. Ọ wee sịkwa, "Site n'ịhị nke a onwu ka m ndụ ụto ụgbụ a, aghaghị m ịnwụ. Ya mere ka unu chọwa ụzọ ndị nke onwe unu, n'ịhị na mụ onwe m ejirikele inwụ anwụ."

Ụmụ nnè ya wee juo ya sị, "Ị ga-ebụu onwe gị?" Ọ wee sị ha, "Ee, chọwanụ ụzọ ndụ unu onwe unu." Ha wee sị ya na ihe nke a ọ mere adịghị n'ebụu n'ụwa, dị ka ọ weere obi ike resịa ụmụ madụ ihe ya, n'ịhị na ihe ya dịrị dabara na miri. Hà wee juo ya ajụjụ sị ya, "Ọ bụụ madụ mere gị ihe ọjọọ a?" Ọ zị sị, "Ọ dịghị onye ọ bụla mere m." Ọ wee sị ụmụ nnè ya ka ha chọọ ụzọ ndụ nke ha n'ịhị na ya ọnwe ya na-eche ihẹ ọjọọ ọzọ nke karịrị iresị ụmụ ntakịrị ahụ.

Ụmụ nnè ya wee jụọgide ya ajụjụ, ahapụghị aka. Ọ wee sị ha na ya akpọọla ndị ezi ọlụ, sị ha na ya ọnwẹ ya na-akpọ ha n'ịsị ụtutụ echi, na ihe ya chọrọ bụ ka ya mee ka ya onwẹ ya na ndị ezi ahụ na nnạ ụmụ ntakịrị ahụ ọ rere ere nweọ n'ọtụ mgbe ahụ, site n'ịmụnye ọlụ na banịsị isi egbe abụọ dị n'ime mkpụrụ ya, mgbe ahụ ya onwẹ ya ga-anwụ, ya na ndị ahụ dum. Nke a mere ka ya na-agwasị ha ike ha ha chọwa ụzọ ndụ nke ha. Ụmụ nnè ya wee tie mkpụ n'ọtụ nta, bụ nke ha gàra ijị ọlụ ukwu tie. Ha asị ya, "Ee-e." Ha ehiitịekwụ isi ha sị ya, "Emeela nke a, ọ bụladị nke i mere site n'ịresị ụmụ ntạ ahụ, nke ahụ agwụ- agwụ agwụ tụụ ụwa agwụ, ị na-achọ ime ọzọ? Ee-e, kama soro anyị gbabuo. Nke a dịkarịrị anyị mmà, n'ịhị na ihe nke i mere, a gaghị echefu ya echefu ruo mgbe ebịghị ebị. Ihe dị otu a ka nnà nnà anyị ha na-akpọ nnà nwụọ tote ọ tokwuru. Nke pụtara na ụmụ anyị ga-ahụ ahụ banyere ya: ụmụ ụmụ anyị ga-ahụkwa ahụhụ banyere ya otu aka ahụ.

" Site n'ịhị okwu ndị a ụmụ nnè Omenụkọ gwara ya, ha wee chịgharia obi ya. Hà wee nọọ nọkọtaa nzukọ n'otu. Ya na ụmụ nnè ya wee kwụrịtaa n'eetiti onwè ha na ha ga-agbapụ lụọ obodo ọzọ, bụ Ndị Mgbọrogwụ. Ọ bụrụ na onye ọ bụla ahụ na ya mere ihe ọjọọ nke ga-eme ka ya onwẹ ya ghara ísịokwu birị n'obodo anyị, onye ahụ ga-agbapụ lạa obodo ọzọ ahụ, bụ Ndị Mgbọrogwụ. Ma ọ bụrụkwa na onye sitere na ndị Mgbọrogwụ emee ihe ọjọọ karịsịạ, ọ ghaghị ịgbapụ lạa n'obodo anyị. Ihe dị otu a malitere nà mgbe dị anyị nke m na-enweghị ike iko ihe kpatara ma ọ bụ ihe bụtere ya. Ihe dị otu a ka ndị ala anyị na-akpọ "Ịrịmgbàlatạ." Ya bụ ndị obodo anyị na ndị Mgbọrogwụ na-eririte mgbalatạ. Hà wee kwe-kọtaa na ha ga-agbapụ lạa n'ụtụ onye eze obodo ahụ. Ahịa ya bụ Mgbọrogwụ. Hà wee rahụ ụra n'abalị ahụ, chị wee bọọ, ndị eze ahụ a kpọrọ okwụ dum ọ gàajị igwụ ha n'ọbi rụọ mgbe ha kwesịrị aka saa ihụ ha, saakwa aka ha. Mgbe ha kwosịrị aka, saachakwa ihụ ha, ọ wee chee ọjịị na ọkwá nzukọ, sị ha, "Ọ bụ ihe ọmiko nke ụkwụ ikọrọ unu na ihe m dum fusịrị na miri igwụ." Ọ wee kọọrọ ha otu ihe ọ nwere ji fusịa, sịkwa ndị eze ahụ na ya onwẹ ya agbaghị igaghachị ọzọ n'Ezi Nnachị, ga soro ndị obodo ahụ chọọ ịhe ya nke oma, ma ọ bụrụ na Ọbụ Dị N'Elu ga-enye aka ka e wetá ọ bụladị egbe ya, n'ịhị na miri agaghị adikwa ụkwụ mgbe ahụ. Ọzọ ọ gwá ha na ya agbaghị ilotakwá ngwa ngwa, mgbe ahụ, ụmụ ntakịrị, bụ ndị ahụ nke Mazị Ọjị sịrị ka ha chere ka ọ nọọ na ihe Omenụkọ ga-ejị emegharị aka, ga-erutekwạ Ezi Nnachị, na ụmụ ntakịrị ahụ ga-enye aka n'ịchọ ihe ya.

Mgbe ahụ madụ nilè mere ya ebere banyere ihe ya nke fùrụ na miri. Ndị eze ahụ wee laa, ọ kpọkwa ụmụ nnè ya ọzọ juọ ha sị, "Olee mgbe mgbapụ ahụ ga-abụ, ta a ma ọ bụ echi?" Ha wee sị ya, "N'abalị ta a ka ọ ga-abụ." Nwanne ha nwanyị bịakwara n'ịhị ihe funahuru nwannè ya. Ha wee kọọrọ ya akukọ ihe mere n'ụzọ ije. Ọ wee wụte ya nke ukwuu. Ha wee gwakwạ ya na ihe ọzọ ga-esokwa ya bụ ịgbagpụ laa obodo ọzọ. Hà wee sịkwa nwannè ha nwanýị na ọ ghaghị soro ha gbakpu. Nwànyị ahụ wee kwere n'ọtụ mgbe ahụ n'ịhị na ọ nọrọ na ihe nwannè ya mere abụghị ihe nchefu. Hà wee sị ka onye ọ bụla were ihe dị ya mpka n'ọbịị, ha na-ejikere na-echere abalị.

ISỊ NKE ATỌ

MGBAPỤ OMENỤKỌ NA ỤMỤ NNE YA

Ọ wee ruo n'ọtụ mgbe nta ahụ nke ha na-ele anyạ, ya bụ mgbe anyasị, ha mere ka ndị gaje ịrahụ ụra ngwà ngwa, ha gbáchịe ibo ọnụ ụzọ amạ ha, ka onye ọ bụla wee ghara ịbịa n'ụlọ ha n'abalị ahụ, n'ịhị na ụfọdụ n'ụlọ nụ mgbara. Ọ wee rụọ mgbe ha chere na madụ nilè agala n'ụlọ ha ịrahụ ụra, ha wee gwa nwannè ha nke ahụ ya bụ Nwạbụeze, sị ya soro otu ọkpọrọ ụzọ nke dị n'etiti obodo anyị ruo isị ngwụchạ obodo anyị. Ọ wee mee otu a laghachikwa ngwa ngwa. Hà wee jụọ ya sị, "Ọ dị ihe i hụrụ ma ọ bụ ihe ị nụrụ?" Ọ wee sị ha, "Ọ dịghị nkpatụ ọ bụla m nụrụ; ọ dịghịkwa onye ọ bụla m hụrụ; ọ bụladị akwa ngwere, anụghị m, kàrịạ na ihe Ọfọ na-eti mkpu." Ihe Ọfọ a bụ onye na-awị (ma ọ bụ na-aghọ) ara a tụbara n'ime ụlọ mkpọrọ, tinyekwa mkpọrọ a n'aka na n'ukwu. Mgbe ọ gwasịrị ha ndị a ha wee gaa gbaghee ọnụ ụzọ amạ ha. Hà wee kwụọ otu ha ga-esi kuru ụmụ ntakịrị ha. Mgbe ha mesịrị nke a ha dum wee bilie puta n'ihu ulo nke anyi na-akpo obi, ya bu ebe Omenuko bi, n'ihi na o bu ulo mma ha.

Ha wee bilie gawa obodo Ndi Mgborogwu, ma tutuu ha agatesia obodo anyi, o dighi nwoke ma o bu nwanyi o bula ha zuru n'uzo. Mgbe ha na- ebili ije ha, ihu elu igwe gbàra ochichiri ihe. Nne E Mesia miri zoro nke ukwu n'abali ahu site n'- n'obodo anyi ha agafeejiri ihe di ka milè asaa, site n'ebe miri ahu malitere zowe.

Mgbe chi boo umu ntakiri ndi na-abughi nke ha, ndi bi n'ulo umu nnè Omenuko (tetara n'ura, lee anya n'ihi, lekwa anya n'azu, ma o dighi onye ha huru karia ulo togboro n'efu. Hà wee kwua akwa. N'ihi nke a ndi agbata obì ha wee nu akwa umu ntakiri ahu, ha wee bia ka ha mara ihe na-eme ha, o dighi onye o bula n'ulo ho ha karia umu ntakiri ahu na-akwá akwa. Ndi ahu batara wee juo umu ntakiri ahu si, "Olee nnà unu ukwu?" Ha wee si ndi ahu batara na ha amaghi ebe ha gara.

Ndi ahu batara wee gbáa gburugburu ma n'ezi ma n'ulo ahu dum, o dighi onye ha lere mkpe ha wee tie mkpu si, "Biakwanu du anyi leta ihe mere n'ebe a!" Mkpu ahu wee ruo otutu madu nri. Hà wee gbara oso bia, ha na Omenuko na umu nnè ya -agbapula. E wee hoputa umu okorobia ka ha chowa uzo ha si.

Mgbe ụmụ ọkọrobịa ahụ nà mgbe dum n'ịhị ha na-akọ na ha nụrụ kurumi a na-agba na Ndị Mgbọrogwụ, ndị ala anyị wee chọọ ụzọ dukpụkwa madụ ndị ọzọ sị ha, "Jeenụ ka unu chọputa ma ọ bụ na Ndị Mgbọrogwụ ka hà lara." Ndị ahụ e zipụrụ wee jee chọputa na ọ bụ na Ndị Mgbọrogwụ ka ha gbàlara, n'ụlọ onye eze ahụ a na-akpọ Mgbọrogwụ. Eze na ndị ala ya wee fụrụ ọtụ na ihe nwannè ya mere abụghị ihe nchefu. Hà wee sị ka onye ọ bụla were ihe dị ya ọtụtụ, burụkwa ndị kwara ezi ụdị madụ.

Omenụkọ lụrụ ndinyom atọ. Abụọ mụtaara ya ọtụ nwoke na otu nwanyị. Ọkọraafọ lụrụ ụmụ ndị-nyom abụọ, otu n'ime ha mụtaara ya otu nwoke. Nwạbụeze nwere nwụnye ma nwụnye ya bụ nwạ agbọghọ. Nwa nnè ha nnè na n'ụmụ nnè ha ndinyom abụọ na nnè ha sooro Omenụkọ. Site n'ịhị na ha dị otụtụ, eze ahụ wee fụrụ ọtụ nke ukwuu. Ndị ahụ e zipụrụ wee laghachị n'echi ya wee kọọrọ ndị ala anyị ihe mere, na ọ bụ n'ụlọ onye eze bụ Mgbọrogwụ ka ha lara. Mgbe ahụ ụzọ tụrụ n'elu tụọkwa n'ala. Ndị ala anyị wee site na mgbe ahụ chewe ihe banyere ndị Omenụkọ duuru gaa ahịa Bende, bụ ndị na-amụ izụ ahịa n'aka ya na ndị ibu ya ụfọdụ ndị ọ rere. Ndị ala anyị wee họputa madụ ụfọdụ ndị bụ dimkpa, ka ha gaa jụọ ihe banyere ndị ahụ ọ duuru ga ahịa. Ma ndị ibu ya ụfọdụ ndị sooro ya laghachị ahịa Bende, kọọrọ ha ihe matara banyere ndị ahụ ọ hapụrụ na Bende. Hà wee sị na mgbe ha jikere ịlaghachị na Omenụkọ gwara ndị ahụ ka ha chere ndị ije ndị ọzọ, na Mazị Ọjị ga-enye ha ihe ha ga-ebu laghachị.

Ma okwu ndị a nke ndị ibu ya ụfọdụ kwụrụ egbochighị ndị ahụ a họpụtara ije leta ihe bụ ọnọdụ ndị ahụ ọ hapụrụ na Bende. Mgbe mkpuru ụbọchị anọ gafesịrị, ozị wee laghachị site n'aka ndị ahụ e zipụrụ gaa Bende. Ha wee sị na Mazi Oji sịrị na Omenụkọ resịrị ha ndị ahụ dum ereri. Mgbe ndị ala anyị nụrụ okwu nke bụ na Omenụkọ resịrị ụmụ ntakịrị ndị na-amụ izu ahịa n'aka ya na ndị ibu ya, ụfọdụ ha dị ka ndị ogbi, ụfọdụ bụ ndị akwa na-ekweghị akwapụ n'ihi ụmụ ha. Akwa a kwara n'obodo anyị n'ụbọchị ahụ na nke a kwara n'ụlọ ndị ikwu Omenụkọ n'ụbọchị ha gbasapụrụ laa Ndị Mgbọrogwụ dị ukwuu. Anya miri nke pụtara n'anya ụmụ madụ ụbọchị abụọ ruru dị ka miri ntà. Ndị mụtara ndị ahụ e rere ere kwara akwa, ma akwa agaghị eme ka e nweta- kwa ha ọzọ. Omenụkọ ahapụla anyị laa ala ya ịzọ ịnọ dị ka ọjịa. Ndị ikwu ya nọ na-akwa, ma ịkwa akwa agaghị ime ka e nweta ya ọzọ. Ome- nụkọ achọghị ịdị ndụ ma ya mesịịa 'ihe' ndị a ọ chọrọ ime ụmụ madụ. Kama ihe ọ chọrọ bụ ọnwụ, ma ụmụ nne ya ekweghị ya, n'ihi na ụzọ ọ sịrị chọọ ọnwụ adịghị ụmụ nne ya mma n'ihi na nke ahụ ga-abụ "Nzịza zara ezi zara ụlọ." Nke a bụ na ihe-eme ka madụ na ndị ikwu ya na ndị ibe ya gbusịwa. Ha wee chepụta ka ha gbasịwa, ha wee gbalaga Ndị Mgbọrogwụ. O bụrụ na Omenụkọ matara na ya ga-adị ndụ ruo taa, ọ gaghị ereri ụmụ mmadụ ahụ. Ya na ọkè ụche nọ mgbe dum n'ihi ihe abụọ o mere. Mmụọ ya mara ya ikpe nke ukwu, ọ bụ ezie na Omenụkọ anokaghị ala anyị n'oge ahụ, ma mkpuru-obi ya enweghị ọzụzụ ike, ọ nọkwaghị n'ọtụ ebe n'ịhị ihe ọ mere.

ISỊ NKE ANỌ

NDỤ OMENỤKỌ NA NDỊ MGBỌRỌGWỤ

Eze Mgbọrogwụ wee were Omenụkọ na ụmụ nnè ya dị ka ndị ya. Eze Mgbọrogwụ wee mee Omenụkọ dị ka onye ọdọzị okwu ya, n'ịhị na Omenụkọ a abụghị madụ nta. Nke ka nke, ya ọnwẹ ya bụ onye amamihe ihe nnè. Ọ nwere uche n'ịkwụ okwụ; ọ na-aghọta okwụ ngwà ngwa, site n'ịhị nke a e mee ya onye ọdọzị okwu nke eze bụ Mgbọrogwụ.

Onye eze wee meere ya ihe ọma dị iche iche ka obi wee dị ya ụto n'ịsọrọ ya biri, ghara inwe obi abụọ. Site n'ịhị ka obi na-atọ Omenụkọ na ụmụ nnè ya ụto, onye eze edoghị ha dị ka ọbịa. Ọ nyere Omenụkọ na nwannè ya nke ahụ ya bụ Ọkọraafọ ebe ha ga-ewu ụlọ ebị dị n'isị n'ụlọ nke ya. Ma Nwạbụeze ọ nọnyeere ebe ọbịị n'ime ụlọ ya.

Onye eze a, bụ Mgbọrogwụ, bụ onye eze ukwuu nke anya na-ahụ. Ọ nwere ego hie nnè, nwekwa ji na otụtụ ede, nwekwa ewụ na ọkụkọ otu ka ahụ. Ma otu ihe kọọrọ ya nke na-echu ya ụra mgbe dum; ọ nweghị nwa nwoke tọrọ eto. Ọ nwere ụmụ nwoke ma ọ dịghị nke tọrọle dimkpa. Ọ lụrụ otụtụ ndinyom ma ọ dịghị nke mụtaara nwa n'ọge. Ya mere ịba ụbà ya erughị ya n'anyạ, n'ịhị na ihe ndị ala anyị na-akpọ ụba bụ, ụba nke onye nwere ego, lụọ nwanyị, mụta nwa nwoke nke ga-anọchị anyạ nna ya na nkè ọ nwụrụla. Madụ dị otu a ka ndị ala anyị na-akpọ ọgaranyạ.

Mgbe otụtụ afọ gafesịrị, onye eze a bụ Mgbọro- gwụ, wee daa n'ọrịa. Dịbịa ụkwụ abịa gwọọ Ẹe, nịkẹ nta abịa gwọọ, ọ dịghị ụzọ. E mesịa onye eze ahụ na ọrịa jidere ya abụghị nke nna ya. Ọ kpọrọ ndị ya ọ chere na ha ga-enwe ike buru okwụ dum ọ gàajị igwụ ha n'ọbi rụọ mgbe onwụ ya bịara. Ọ wee gwa ndị ya sị, "Nke a dị otu a, ya dị otu a." Ọ wee sịkwa ha, mgbe ya onwẹ ya nwụrụ ha ekwela ka Warrant nke ya fụọ n'ịhị na nwa ya, nke bụ ọkpara ya, aka- etorughị dimkpa. Ọkpara ya ahụ, a kpọrọ ahụ ya Ọbiefụla Mgbọro- gwụ mgbe a mụrụ ya.

Mgbọrogwụ wee kwuo sị, "Ọ ga-adị m mmà nke ukwuu ma a sị na unu emee ka Omenụkọ wee Warrant jidere Ọbiefụla nwa m rụọ mgbe ọ ga-enwe ike ichịkọta obodo m. Ana m ekwu nke a ma ọ bụrụ na District Commissioner ekwe.

Okwu a na-enwute ndị Mgbọrogwụ n'ime mmụọ ha, n'ịhị na onye eze ọ bụla adịghị ekwu okwụ dị otu a n'efu. Ọ bụ ihe dị otu a ka ndị ala anyị ji atụ ilu na-asị, "Ọ bụrụ na ọgaranyạ kèrè ekpe ma ọ nụkwaghị, there onwụ ga-eme ya." Ma e mesịa onye eze ahụ anwụọ. Omenụkọ emee ka e lie ya n'ụzọ tọrọ madụ nilè ụto. E liri eze dị ka onye mụtara nwa nwoke. Site nà nkè a ụwa achighị ndị ya ochị. There emeghịkwa ndị ya. Nke a ga-ezị anyị na Omenụkọ baara Mgbọrogwụ uru ukwuu n'obịị ọ birị n'ụlọ ya.

ISI NKE ISE

EKPE NKE MGBỌRỌGWỤ KERE

Omenụkọ chọrọ ka ya mata ihe bụ ụche ndị dị n'ụlọ nnụ n'aka unu ikwu bụ Mgbọrọgwụ. O wee lute mai, gbata ojị, zụkwa ewu, gbụọ ya wee sie nrị, kpọọ ndị ala ahụ dum, we dozie nrị ndị a n'ihu ha, wee sị ha na ọ bụ na rụe ihe ndị a. Ndị isi ala ahụ wee kelee ya nke ọma. Ha wee malite rie, nụkwa. Mgbe ha risịrị nrị, ọ wee sị ha, "Bịkọnụ ụmụ nna m, asị m ka m chetara unu ka anyị site n'ụgbụ a bụ efihie, chọwa nna ewu ojị, n'ihi na mgbe chi jiri, ọchịịchịrị gbaakwụa, anyị agaghị achọtakwa ya." O wee sị ha na isi okwu ya bụ nke a, na nna ha ụkwụ siri, "Amụtaghị m nwa tọrọ eto, ma ọnwụ m na-abịa nso ụgbụ a, site na nke a, ọ bụ na ọnwụ anwụọ m, ka Omenụkọ jidere nwa m Warrant nke m ruo mgbe Obiefụla ga-enwe ike ịchịkọta obodo m nke ọma." Ome- nụkọ wee sị ha na ọ bụ n'ihi nke a ka ya jiiri wee tụọrọ ha itu ewu ojịị na chihie na ọchịchịrị. Isi ya bụ na oge ahụ bụ mgbe ọma ichọzọ jekwuru ndị Government gwa ha okwu banyere Warrant Mgbọrọgwụ dị ka ha chere. Ha dum wee sị na okwu a dị mma. Omenụkọ wee jụọ ha sị, "Ọ bụrụ na anyị ga-eme ihe a, ọ bụ ka olee mgbe?"

Ma ọtụtụ n'ime ha kwuru sị, "Ọ dị mma isogide ya n'ọkụ a." Maadụ nile wee kweekọta n'otu ihe ahụ. Ha wee jurịtaa onwe ha sị, "Olee mgbe a ga-eje?" Ụfọdụ wee sị na ọ ga-adị mma ma ha mee nzukọ ọzọ n'abalị anọ, nke bụ na mgbe anyasị ụbọchị ahụ ọbọdọ anyị. Ha nile wee sị na ọ dị mma, wee gbasasịa. Ma ha mere nzukọ ọzọ nke Omenụkọ esoghị ha mee, n'ihi na ha achọghị ya ka ọ mata na ha nọkwara nzukọ ọzọ, n'ihi na ọ bụ ihe banyere ya ka ha na-achọ ikwu. Ha wee jurịtaa onwe ha ajụjụ na-asị, "Anyị ga-ekwe ka Omenụkọ jide Warrant nke Obiefụla ruo mgbe ọ toruru ichị obodo? Ihe ọzọ dịkwa nke anyị ga-ekwu ihe banyere ya taa a, ka ọ ga-abụ ụbọchị anyị na Omenụkọ kara aka zụọ, ka ihe ọ bụla ghara ịnụ anyị anya n'ikwụpụta n'ihu ya n'ụbọchị ahụ." Ajụjụ a nke ha na-ajụrịta onwe ha bụ, "Omenụkọ na Obiefụla, onye ga-ebị n'ụlọ ukwu nna anyị?" Otu nwoke wee bilie za sị, "Ọ bụrụ na anyị ga-ekwe ka Omenụkọ bury eze n'ọnọdụ nna anyị Mgbọrọgwụ ruo mgbe Obiefụla ga-etolite, ọ ga-adị mma ka anyị kwenye ka Omenụkọ buri n'ụlọ ukwu nna anyị ruo mgbe ahụ." Ma ndị ọzọ sịrị, "Ee-e, nke a adịghị ụtọ na ntị. Obiefụla ga-ebiri n'ụlọ ukwu nna anyị, ọ bụ ezie na ọ gaghị achịkọta obodo ụgbụ a ma ọ ga-enwe ike ịgba-nwe elu ụlọ atanị mgbe ụlọ dịrị nijọ. Ihe dị nke ya ka ime ihe ọ ga-akpọ Omenụkọ gwa ya. O bụrụkwa na anyị ga-enye aka, Ome- nụkọ ga-agụwa anyị, anyị ewee nye aka." Ha dum wee kweekọta n'otu okwu a, na Obiefụla ga-ebị n'ụlọ ukwu ahụ. Okwu a wee dị ha n'obi tutụtụ abalị anọ ahụ a kara aka wee zụọ. Mgbe ndị gara ahịa laghachịrị ha wee zụkọtaa n'ụlọ Mgbọrọgwụ bụ onye eze.

Omenụkọ wee sị ha na ụka a kpara akpa na e ji isi ekwe ya. O sịkwa ha, "Olee nke bụ ụzọ ụgbụ a?" Ha wee sị, "Ọ dị ihe ọzọ dị karia ikwu ụbọchị a ga-ejekwuru District Commissioner?" Ha wee jụọ ụbọchị ọ ga-abụ, ma otu madụ n'ime ha wee sị na ihe ọzọ dịkwa nke ha ga-ekwu, mata ọnọdụ nke ahụ, tutuu ha ekwuo ihe banyere ijekwuru District Commissioner. Ha wee sị ya ikwu ihe ọ bụ ka madụ nile nụ. O wee jụọ ha sị, "Omenụkọ na Obiefụla onye ga-ebị n'ụlọ ukwu nna anyị ukwu?" Otu nwoke aha ya bụ Uba, wee sị, "Omenụkọ ga-ebị n'ụlọ rịke ya onwe ya ma ọkpara nna anyị ga-ebị n'ụlọ ukwu a. A ga- na-enye ya ozị dịịtụ ike, ka ọ wee nwee ụchẹ, ọ bụrụ na anyị nọ na-eme ya nwa nwa mgbe dum, ihe nile ga na-esi ya ike n'ọmụme. Ka anyị kwere na ọ ga-enwe ozị dị n'ụlọ nna anyị, dị ka ịgbabwe ụlọ atanị na ịkpụchị aja mgbara na isoro na-ekpe ikpe n'ụlọ nna anyị na n'ime obodo. Ma anyị hapụrụ Omenụkọ nke dị n'ezị, n'ihi na nke ahụ bụ mgba na ọgụ nnachị."

Ha wee jụọ Omenụkọ sị ya, "Gịnị ka ị kwụrụ banyere okwu a?" O wee sị ha okwu ha dị mma nke ukwu. Ha wee jụọkwa Obiefụla otu ihe ahụ. O wee za sị, "Mgbe nna m tụrụ ilu a sị na ọ bụ mịrị bụ ndụ azụ, anụrụ m ya. Site kwenụ n'ihi nke a, ọ bụ unu bụ ike m." Madụ dum wee kelee Uba. Ha wee chigharịa ihụ ha na Warrant nna ha ukwu. Ha wee sị na ọ dị mma ijekwuru D.C. n'abalị ole na ole na-abịa, matakwa ihe ọ ga-ekwu.

Ha wee kwekotas igakwuru D.C. N'Awka n'ụbọchị mmalite ozị (Monday). Omenụkọ wee zụta ọtụ nwa aturu na otu oké okpa na akwa ọkpụkọ na ahụyekere na-echere ụbọchị mmalite ozị ka ọ zụọ. Ọ wee rụọ ụbọchị ahụ ndị ala ahụ na Omenụkọ na nwa ntakịrị ahụ, bụ Obiefụla, wee gawa ihụ D.C.

Mgbe ha ruru Awka ha ahụghị D.C. n'ụlọ, kama onye ha hụrụ bụ Paymaster. Paymaster wee jụọ ha sị, "Gịnị ka unu na-achọ?" Ha wee sị na ha chọrọ ihụ D.C. Paymaster wee sị ha na ọ nọghị n'ụlọ, na ọ ga-alaghachị n'ụtụtụ echi ya. Ha wee kwụrịtaa n'etiti onwe ha, na-emeghị ka Paymaster mara ihe ha kwuru. E mesịa Pay- master ajụọ ha sị, "Gịnị bụ ụche unu?" Ha wee sị ya, "Ịsị ihe anyị ji bia ụgbụ a bụ na D.C. gawara anyị sị mgbe anyị lịsịrị nna anyị ụkwụ, bụ Mgbọrọgwụ, mesịa omenala ndị eze, ka anyị bịa gwa ya ka anyị sịrị mee."

Paymaster wee sị ha, "Ọ dị mma ka unu chere, echi ka ọ ga-anọ n'ihi na D.C. ụkwụ ga-abịa echi ahụ ma ọ bụ nwanne echi." Ha wee sị na ọ dị mma, laghachị n'ime obodo gaa nọdụ na-echere echi ahụ. Mgbe ha nọ n'elu ala; ha wee kwuo na ọ bụ ihe dị mma dị ka e kwuru na D.C. ụkwụ ga- abịakwụa n'ebe a nwanne echi. Mgbe ahụ D.C. nta na nke ụkwụ ga-edokota ọnụ n'otu wee gwa ha ihe banyere ihe ha biara.

Chị wee bọọ, D.C. nta wee lọta, ma Omenụkọ na ndị enyi ya achọghị ijekwuru D.C. nta, n'ihi na ha na-ekwụrịta n'etiti onwe ha na ọ ga-adị mma ma ha ahụrụ ya mgbe ya na D.C. ụkwụ nọ, na ha abụọ wee kwuo otu okwu. Ụbọchị nke onye ụkwụ ga-abịa wee zụọ. O wee bịa dị ka e kwuru. D.C. wee nye akwụkwọ ozị ka ọ ga- nye ode akwụkwọ ụlọ ikpe, ka ọ zipụ ndị ozị ụlọ ikpe, ka ha gwa ndị eze ụlọ ikpe na D.C. ụkwụ biara, na ọ na-achọkwa ihụ ndị eze echi. Onye ode akwụkwọ ụlọ ikpe wee dị ka D.C. ụkwụ gwara ya.

Omenụkọ na ndị ya na ha so wee chọpụta na D.C. ụkwụ na-achọ ndị eze dum echi ya. Ha wee sị na ọ ga-adị mma ịgwa ha okwu ahụ echi; okwu ahụ wee dịwa echi.

Mgbe chi bọrọ, ndị eze wee bia jekwuru D.C. sị ya na ha abịala. O wee sị ha, "Ọ dị mma, cherenụ nwa oge nta." Mgbe nwa oge gafesịrị, Ma D.C. nta, ma nke ụkwụ, ma Paymaster, ha dum wee pụta, ha chelee ndị eze ekele, ndị eze ekeleekwa ndị Bekee sị, "Mọrny Mọrny." D.C. wee were akwụkwọ e dere aha ndị eze nile, kpọwa aha ha n'otu n'otu. O wee rụọ mgbe ọ kpọrọ Chịef Mgbọrọgwụ, Omenụkọ wee sị Obiefụla ka ọ zaa. O wee za. D.C. nta wee gwa nke ụkwụ na nwanta ahụ bụ nwa Mgbọrọgwụ n'ihi na eze ahụ nwụrụ anwụ. D.C. ụkwụ wee sị na ebere mere ya nke ukwu. E mesịa ọ gwasia ha ihe ọ na-akpọrọ ha. Amaghị m ihe ọ gwara ha, ma echere m na ọ bụ okwu banyere ọrụ a ga-arụ.

Mgbe D.C. ụkwụ hụsịrị ndị eze, Omenụkọ wee gwa Obiefụla ka ọ sị D.C. na ha na-achọ ihụ ha. Mgbe Obiefụla kwusịrị nke a, D.C. wee jụọ ha sị, "Ọ bụ gịni ka unu chọrọ?" Obiefụla wee sị ya na ọ bụ ịkọrọ ya na ha elisiele nna ha. O wee gwakwara D.C. ụkwụ na nke nta sị, "Nke ọzọ bụ na nna m kwuru ka unu nye Omenụkọ akwụkwọ ikpe ya ka ọ jidere m rụọ mgbe m ga- enwe ike ịchịkọta obodo."

Mgbe ọ kwuru nke a, Omenụkọ wee wepụta nwa aturu ahụ, na ọkpụkọ, na akwa na ahụekere ahụ nye D.C. nta ahụ. D.C. nta wee jẹe kpọọ nke ụkwụ na Paymaster wee kọọrọ ha ihe ndị ahụ nyere ha na ihe ha kwuru. Ha wee kelee Omenụkọ na Obiefụla na ndị nile ha ha na nọ.

D.C. wee jụọ ndị isi ala ahụ soro bịa, sị "Ọ bụ unu nile kwuru ka e nye Omenụkọ Warrant nna unu ukwu ka ọ jidere ya ruo mgbe Obiefụla tọrọ dimkpa?" Ha asị "Eee." D.C. wee sị na ha ga- ala n'ụbọchị ahụ, biaghachị n'ụbọchị ọzọ. Ha wee laa, ọrụ juru ha obi.

Site na mgbe ahụ, Omenụkọ wee malite ije ụlọ ikpe otu ụgbọ n'otu izu n'ime abalị asaa rụọ mgbe D.C. zịrị ọzị ka ha bịa. Ya na nwa onye eze wee gaa. D.C. asị ha na Omenụkọ ga-esite n'ọnwa ọzọ biawa n'ụlọ ikpe. D.C. asịkwa ya, "Gị onwe gị ga-enwe ibu na ndị ọrụ na izitere mịị." Omenụkọ wee sị ya, "Hapụ ihe ndị a, aga m eme ha ma ọ dịghị onye chetara m-ha." D.C. asị na ọ gwụsịa. Ha na-akpọ Omenụkọ "Chịef," ha ana ya aka, sị ya, "Ndeewoo." D.C. ụkwụ na D.C. nta na Paymaster wee mee otu ahụ. Ome-nụkọ wee kelee ndị Bekee ahụ, "Mọrny Sịr." Ha wee laa, Omenụkọ wee bụrụ eze n'ọnọdụ.

ISI NKE ISII

ỌCHỊCHỊ EZE OMENỤKỌ N'OBODO NDỊ MGBỌRỌGWỤ

Ikpe mbụ nke Omenụkọ soro ndị eze kpee n'ụlọ ikpe bụ ikpe onye orụ uzo na onye orụ ụlọ ikpe. (Onye na-eme ụzọ na onye court messenger.) Madụ abụọ ndị a lụrụ ọgụ. Ndị eze wee gbuie ha otu pound na shilling iri, otu pound na shilling iri, wee sị ha, "Alụkwala ọgụ ozọ." Omenụkọ na-arụ orụ onye eze nke ọma n'anya Ndị Mgbọrọ- gwụ. Ọ na-elekọta ụlọ ya anya nke ọma, na-ele- kọtakwa ụlọ nna ya ukwu, bụ Mgbọrọgwụ, nke ọma. Ndị Government hụrụ na ọ bụ ezi onye eze na-arụ orụ ya nke ọma, ọ nwekwara ike na amamịhe n'orụ.

Mgbe ya onwe ya na-aga ụlọ ikpe n'oge ikpe ya, ndị eze ndị ozọ, ndị ya na ha bịakọrọ ụlọ ikpe, ọ bụghị madụ kọọrọ ha na nwoke a, bụ Omenụkọ, nwere ụche, kama ha weere anya ha hụ, werekwa ntị ha nụ ajụjụ ọ na-ajụ ndị a gbadata akwukwọ n'ụlọ ikpe ahụ. Ma mgbe ụfọdụ ha nwere ihe ha na-achọ igwa D.C. ukwu, mgbe ha nọ na-eche ụzọ ga-aka mma isi gwa D.C. okwu ahụ, e leghị anya Omenụkọ ga-achọta ụzọ madụ nile ga-asị na nke ahụ kacha mma. O buru na i noro ya nsọ na-anụ okwu ya, madụ agaghị akpọ ya na ọ bụ onye amamihe, kama i ga-achọpụta ya n'ọnwe gị. Site na nke a madụ nile ndị na-achọ ịmụta ihe na-ejekwuru ya mgbe dum, na-achọ ndụmọdụ ya na ozizi ya, n'ihi na ọ na-eme ebere na-emekwa amara. Ọ bụ enyi ụmụ obgenye, bụfụkwa enyi ndị dị elu. Nke ahụ pụtara na ọ nwere ibu- nanya n'ụmụ madụ ibe ya. Site n'ezi ịma mụọ n'ere n'abụ madụ ibe ya, ọ dịghị onye chetakwara na ọ bụ ọbia n'ala ahụ ọ na-achị. Ozọ kwa ọ dịghị onye chetakwara na ọ bụ Warrant Obiefụla ka Omenụkọ ji achị ala. Ha adịghị akpọkwa ya onye ọbia n'ihi na Omenụkọ na ụmụ nne ya na-alụ nwaanyị n'ebe ahụ na n'obodo ndị ozọ gbara ha gburugburu.

Omenụkọ na ụmụ nne ya na-enwe ji na ede nke ukwu, ha enweekwa ụmụ anụmanụ nke ụlọ, dị ka ehi na ewu na atụrụ na ọkụkọ na ụmụ elulu ndị ozọ. Madụ ụfọdụ na-ere onwe ha n'ụzọ dị iche iche na-adịghị egbu ha mgbu n'obi. Ma n'obodo anyị madụ adịghị akpọ ihe dị otu a orire, kama anyị na-asị na onye ahụ jiri onwe ya gba-ịbà- Site n'ihe dị otu a madụ ụfọdụ na-ejekwuru Omenụkọ, sị ya, "Nna anyị ukwu, biko zọpụta m na mkpa m, n'ihi na i gba nkịtị rịọ m ewere m ya." Mgbe ahụ Omenụkọ ga-ajụ onye ahụ sị, "Gịnị ka i na-achọ ka m meere gị?" Mgbe ahụ onye ahụ ga-ekwuputa sị, "Nna anyị lee ikpeere, leekwa isi ala, biko nye m ego ifu otu a ka m nye ndị m ji ugwo ma mụ onwe m ga-abia soro gị biri, na-ejere gị ozị ahali atọ werekwa otu ụbọchị Eje nke m, ruo mgbe m ga-ewekwá ike kwụsịghí ego ahụ.

Ọ bụrụ na ọ bụ onye Omenụkọ na-amataghị nke ọ́ma, ọ gá-ajụpụta onye ahụ nke ọ́ma ụzọ ọ sịrị mee jídé ndị ọzọ ụgbọ ahụ. Mgbe ọ jụputara nke ahụ, ọ jụọkwa onye ahụ ma ọ bụ onye ahụ, ma e jídelé ya n'ólí nke mbụ, jụọkwa onye ahụ ma ọ bụ onye amaádụ́.

Echere m na madụ ga-amatá ihe onye bíara íbị ego a jụrụ ajụjụ ga-aza. N'úche m, echere m na onye ahụ ga-asị, "Ezúbèghị m ohi nke mbụ, agbábeghị m ama nke mbụ." Mgbe Omenụkọ jụsịrị onye ahụ ajụjụ dị otú a, ọ nye ya ego dị ka ọ chọrọ. Onye ahụ agbaghị íjìa sọrọ ya bírí dị ka onye ahụ kwere na nkwa.

Síté n'ụzọ dị otú a ndị mbímbí sókwara ya na úmụ nnè ya bírí na-arụ ọrụ ubí ha. Mgbe ihe ndị a na-emé Omenụkọ abaalarị ụlọ karịa otú ọ bara mgbe ọ nọ n'ala anyị. Mgbe ọ nọ n'óbodó anyị ọ nwere ndíinyom atọ, nwánne ya bú Okorafo nwere ndíinyom abụọ. Nwábuèze kwá nwere otu nwányị. Ma ugbu a ndíinyom Omenụkọ dị asaa, ma ndí ukwú ma ndị ntá. Ndíinyom Okoroafọ dị anọ, ma ndí ukwú ma ndị ntá, ndíinyom Nwábuèze dị abụo. Nwánne ha nīke ntà bú Ogbonnaya nwere otu nwányị.

Mgbe Omenụkọ chetara ihe mere ya na mgbe gara agá nke bụ íwírí ya, leekwá ọndụ ya ụgbọ a, ọ kelee Ọhásị D.Ị N'Élú, keleekwa úmụ nnè ya. Ma otú ihe dị nke na-eme Omenụkọ na ụmụ nnè ya abịà ọjọọ, bú mgbe ha chetara ọtụ nwanna na ụmụ madụ ndị ọzọ Omenụkọ ríịfụrụ. Ọ bụ íhe ebèere inu na ụmụ nnè ya abụgọ ndíinyom ahụ níke sooro ha gbagpụ na mgbe íhe ndị a na-eme anwụsịala ma ụmụ nnè ya ndịkom anọ adịghị nkè n'úwà.

Ndị ala Mbọgbọrọgwụ wee nwée nzukọ megídé Omenụkọ ná ụmụ nnè ya si, "Ọ dịkpará nná anyị, bú Obịéfula etoole dimkpa, a ga-agwá Omenụkọ ka ọ nyefúghachị ya Warrant nnà anyị ukwụ." Ha wee chọpụta ụbọchị ha ga-ejékwuru Omenụkọ gwá ya ihe ha chere. Mgbe ha nọsịrị nzukọ ahụ ụfọdụ madụ n'íme ha we jékwute Omenụkọ kọọrọ ya ihe e kwùrụ n'íme nzukọ ha megídé ya. Ndị nọrọ nzukọ a kwùrụ na ha ga-anụ íyí ka onye ọ bụla ghara ílà azụ n'íme ọkwụ ahụ.

Ụbọchị ha kara íjékwuru Omenụkọ aka-erúghị. Omenụkọ edepụ íjékwuru D.C. sị ya na onwe ya na-achọ íjụ ọbị n'ọtụ ikpa a na-akpọ "Ikpa Ọyị" D.C. wee jụọ ya sị, "Ndị ọbọdọ gị ì ga-esó ha agbaa?" Ọ wee

sị, "Ọ bụkwá mụ na ha ga-esó pụọ n'ebe ahụ" D.C.
wee sị ya, "Ọl ọ ga-adị mmá." Ọ wee laghachị ga leta
ikpa ahụ. Ọ tụghịdị nsị sí íkpa ahụ bụ́ ohịa ọjọọ, ọ
cheghị nke ahụ, kama ọ weere ọbị ya nile tụkwàsị
íkpa a na-akpọ Ikpa Ọyị. A na-akpọ ya otu ahụ n'ihi
na ọ bụ ebe a na-elíi ọzụ ndị afo tọrọ, ma ndị dara írá
n'ịndị kịtíkpa gbágburụ na nwanyị dị únú nwụọ.

Ma mgbe adịghị anya ndị ọbọdọ ahụ wee
nóókwá nzukọ ọzọ megídé Omenụkọ na ụmụ nnè ya,
nụọkwa íyí ka onye ọ bụla ghara ílà azụ n'ụmụ aka
banyere Omenụkọ inyeghachị Obiefụla, nwa
Mgbọrọgwụ Warrant nna ya. Ụfọdụ n'ime ndị ahụ
nụrụ iyi bịakwara kọọrọ onye eze, bụ Omenụkọ, sị,
"Okwu e kwuru okwu e ji isi ekwe ya." Ha kwuru
okwu a n'ilu ka iyi ha juru ghara ịgba. Ha dị ka
Omenụkọ bụ onye amamịhe ọ ghọtara ihe ha gwara
ya.

Ụbọchị ha kara igwa Omenụkọ okwu a wee
zụọ, ha wee zukoo jekwuru ya n'isi ụtụtụ. Mgbe ọ
meghere onụ ụzọ ama ya, ha wee bata, ha na ya wee
kwụrịtaa ekele ụtụtụ. Omenụkọ wee kpọọ otu nwanta
na-ejere ya ozị, sị ya, "Kutere m miri ịkwo aka." O
wee gwakwa nwanta ahụ sị ya, "Gaa wetara m
mkpuru ojị abụọ na okwa nzu." Nwa ntakịrị ahụ wee
meekwa otu a. Omenụkọ wee sị ha na ojị abịa. Ha

wee sị, "Onye eze, mezie ojị." Onye eze wee nye ha otu ka ha waa, ma ya onwe ya awaakwa nke ozọ.

Otu nwoke ahụ aha ya bụ Uba wee werekwa nzu kpaa, gọọ ọfọ sị, "Ala taa ojị, nna anyị Mgbọrọgwụ taa ojị, Obasị Dị N'Elu taa ojị, mmuo na-emere anyị ihe taa ojị, onye si na nke m ekwesighi m, ọ nwetara nke ya, ọ gaghị ekwesi ya. Anọkwa m na egbe bere, ugo bere, nke si ibe ya ebela, nku kwapụ ya." Ndị nile ahụ wee kwe sị "Ọ bụ ya woọọ." Omenụkọ wee were okwa nzu kpaa, gọọ ọfọ kwa sị, "Obasị Dị N'Elu bịa were ojị taa, nna anyị Mgbọrọgwụ bịa taa ojị, ihe ọma mee, nke ọjọọ emela; ihe diri m mma dịkwara ndị iro m, ụtutụ tụtụtụ njọ, onye si m nwụọ, ya bụrụ ọkụọ ụzọ lakpuo ụra." Omenụkọ na ndị ya ekwekwà sị, "O bụ ya ndị!!!"

Ha wee sị ya, "Onye eze, anyị bịara ka anyị gwa gị ka i nyeghachị Obiefụla, ọkpara nna anyị Warrant nke nna anyị n'ihi na ọ toruole dimkpa ugbụ a." O wee sị ha na ọ dị mma, kwuokwa sị, "Otu ihe dị nke unu mere 'jọghịrị'onwe ya." Echere m na unu mere nzukọ n'ịgwa m okwu n'dị a." Ha wee sị, "Ee." Ọ sị ha na ọ dịghị ụzọ ije, n'ihi na ọ bụ ihe iwu ka ha mere, na otu obodo nọrọ nzukọ megide otu madu. Ọ wee sị ha na ya onwe ya nwere ike itinye ha na mkpọrọ n'ihi otu ihe a ha mere. Ha wee sị ya, "Biko nna anyị etinyele anyị na mkpọrọ, kama nna anyị kwuo ụzọ a ga-esi mee ya ka ọ bụ ihe ịwara ghara iputa ụka." Omenụkọ wee sị ha, "Ụzọ nfe ya bụ ijekwuru D.C. gwa ya ihe unu kwuru na otu unu siri mee nzukọ n'azụ m, mgbe ahụ D.C. ga-agwà unu ma unu mere ihe ọma ma unu mere ihe ọjọọ."

Ha wee sị ya na ọ dị mma, sikwa na ha ga-eche echiche bịakwa, gwa ya ụche ha n'abalị ole na ole; ha wee laa. Mgbe ahụ ha mere nzukọ ọzọ na-agwaghi Omenụkọ. Mgbe ha jekwuakwara ya ozọ, ha wee sị, "Nna anyị ukwu, anyị bịara ka anyị rịọ gị ka ị gbaghara anyị, n'ihi na anyị bịara ka anyị sị na ọ dị mma mgbe gị onwe gị chere na ọkpara nna anyị etoruole ije n'ọrụ gị na n'ezi."

Omenụkọ wee jụọ ha sị, "Gịnị mere unu ekwule otu a na mbụ?" Ha wee sị, "Nke a bụ ihe anyị kwuru mgbe anyị zukọrọ na-achọkwa ka ị gba- ghara anyị." Omenụkọ wee sị ha, "A na-ekwu okwu na si nwa unu mere nzukọ mgbe ha mesịrị ikwu otu akpa okwu na anya ha anọ na-eme. Ma ndị eze agaghị aghọta ihe ha kwuru ma ọ bụ na ha bụ ndị amamịhe. Ha na-ekwu okwu na-atọ ndị Bekee na ntị, ma na-abụghị okwu na- atọ ndị Igbo na ntị. N'ihi na e dere ihe ha kwuru na akwukwọ Bekee. Ma Omenụkọ na ndị ya na ha so nọ na-achọ ka ha jekwuote D.C. ukwu mata ihe ọ ga-ekwu. Unu nwere ike isi D.C. na unu amataghị na ime nzukọ banyere otu onye n'azụ ya megidere iwu? Mgbe m gwasịrị unu na unu mebiri iwu, ọ bụrụ na unu amataghị, unu amataghịkwa ihe m gwara unu? Laanụ". Ha wee laa.

Site n'ụbọchị ahụ Omenụkọ na ụmụ nne ya ejikere ịpu obi n'Ikpa Oyi ahụ n'ezi. Ebe ahụ a gaghị akpọ ya ala Ndị Mgbọrọgwụ n'ihi na a gáfere ala nke otu mba ọzọ were ruo n'Ikpa ahụ. Site n'ihie nke a, Ndị Mgbọrọgwụ enweghị ike ịga n'ebe ahụ imesi ya ụka ọ bụla. O wee kpọọ Ndị Mgbọrọgwụ, gwa ha na ya onwe ya achọ- kwaghị ịsọrọ ha biri dị ka ha bi na mbụ. "Ebe unu bụ ndị nna m ukwu, ma unu gara n'azụ nọọ nzukọ megide m ma mụ ụmụ m, site na nke a ọ dịghịkwa ebe mgbaa ma ọ bụ ebe iwu dịrị m, ebe unu echetaghi na abu m onye zọtara ala na-efu efu, bụ obodo nke anyị a dị ka unu maara nke ọma. Ma ụgbụ a, unu echefusieela ihe ndị a, were ka m bụrụ onye iro unu. Aga m akpọ unu nna m, ọ bụrụ na unu echefuoole m, mụ onwe m agaghị echefu unu, ka ala ghara ikpugbu m n'ihi na unu bụ ụmụ nna m. Ma dị ka unu gbakpọrọ m izu n'azụ, unu agụpụla/ m n'etiti unu, dote m dị ka onye ozọ. N'ihi nke a ọ ga-aka mma ka m nọọ dị ka onye mba ozọ n'ezi."

Omenụkọ wee sị ha, "Aga m esite taa wee chewe ihe m ga-eme banyere Warrant ahụ nke unu gwara m okwu ya, ma anyị ga-ejekwuru D.C. ma ọ bụ na anyị agaghị ejekwuru ya." Ha wee sị na ọ dị mma, sikwa, "Nna anyị cheputa ihe ọma echeputala ihe ọjọọ." O wee sị ha, "Ihe unu sị m ka m cheputa, ọ dị ihe ozọ unu na-achọ karia inyeghachị Obiefụla Warrant? Gụọnụ nke ahụ n'ihe e merele eme; laanụ". Ha wee laa. Omenụkọ wee jekwuru D.C. sị ya "Ụgbụ a adị ala m ekwekwaghị ịsọrọ m pụọ obi n'ebe ahụ m gwara gị, n'ihi na ebe ahụ bụ ohịa ọjọọ. Ha wee sikwa m, ọ bụrụ na m ahapụghị ịpu obi n'ebe ahụ na ha ga-enwekwa onye eze ozọ tinyere m, ọ bụrụ na otu esoro ndị bi n'ohịa ọjọọ ahụ biri, ka otu sọrọ ndị bi n'ụlọ biri.' Ihe kwuru okwu a rụọ mgbe e kwere nkwa na a ga-enye Obiefụla Warrant, ma ọ bụ nke nna ya ma ọ bụ nke ozọ, mụ onwe m amataghị m. Omenụkọ gwasịrị D.C. ihe na ya onwe ya aghaghị ịpu obi n'ikpa ahụ mgbe ọ jikeresịrị ya ihe dum. D.C. wee sị ya, "Mgbe i jikeere mée kà m mara". Mgbe dum Omenụkọ na ụmụ nne ya n'ọzọ orụ ụlọ ya. O rụọ mgbe ọ nwetara ihe ọ ga-eji rịalite iwu ụlọ ahụ, ọ wee gwa D.C. na ya ga-ewụ otu ụlọ n'ebe ahụ. O wee rịọ D.C. ka ọ nyere ya oghere ka ọ hapụ ihe ndị ozọ diri ya,iche ihụ n'ọrụ ụlọ ya tutu rụọ mgbe ọ ga-agwụsị D.C. wee jụọ ya sị, "Ụlọ gị a, olee mgbe ị chere ọ ga-agwụsị, otu onwa ma ọ bụ onwa abụọ?" Omenụkọ wee sị ya, "Onwa abụọ dị mma, ma ị nye m atọ ọ ga-adị mma karịsịa. D.C. wee sị ya na ọ dị mma, na mgbe ọ bula ozị ahụ dịrị mfe, ya mee ka ya mara, o buru na ihe di mkpa na o ga-ezite ozi kaara Obiefula

ka o ga ya, mgbe ahu Omenụkọ ga-agwa ya ihe o ga-
eme. Omenụkọ wee kelee ya, laa.

ISI NKE ASAA

NKWAGHARỊ OMENỤKỌ NA ỤMỤ NNE YA

Omenụkọ na ụmụ nne ya wee kwagharị obi n'Ikpa Oyi. Ha wee nọọ ọrụ iwu ụlọ. Ebe ị matara na Omenụkọ na ndị ụlọ ya dị ọtụtụ, Okoraafo na ndị ya dịkwa ọtụtụ; Nwabuẹze na ndị ya; Ogbonna na nwunye ya na nne ha na ndị mbidimbị, ndị bi n'ụlọ Omenụkọ ha. N'ihi ọtụtụ madụ ndị a ụlọ ha chọrọ iwu dị ọtụtụ. Ha wee chọọ ụzọ ma ndị Mgbọrogwụ ga-enyere ha aka n'iwu ụlọ, ma ha ekweghi inyere ha aka. N'ihi na e, Omenụkọ echeghi iwu ezi ụlọ na mmalite, kama ihe ọ chọrọ bụ ka ya jisie ike wụte ụlọ nke ga-aba ihe ya na ihe nke ndị ya. O wee wuo ọtụtụ ụlọ n'Ikpa Oyi, ma ụlọ ndị a dị nke nta nke nta. O wusịa ụlọ ndị a, ga gwa Ndị Mgbọrogwụ sị ha, "Bịkọ, bịanụ nyere anyị aka, ịveta ihe anyị n'Ikpa Oyi." Ha ekweghị. Omenụkọ wee sị ha, "Ọị echere m na ihe mere unu ekweghị bịa soro nyere m aka n'iwu ụlọ bụ na ebe m na-ewu ụlọ m bụ ọhịa ọjọọ, ma ugbu a ewusịa m ụlọ rịọkwa" "ụnụ ka ụnụ nyere m aka ikwafere m ihe m, ụnụ ajụkwa. O bụ ihe dị mma ka ụnụ mere n'ebe m nọ?" Omenụkọ na ụmụ nne ya wee mee ihe nile n'onwe ha, ma iwu ụlọ na ịkwagharị ihe ha dum. Omenụkọ wee juo Ndị Mgbọrogwụ ma o dị onye o bụla nke na-achọ ịzụ ụlọ ebe ya na ụmụ nne ya birị. Ndị Mgbọrogwụ, ụfọdụ madụ wee chee na obị Omenụkọ na ụmụ nne ya dị n'ọ n'ahụ ha, ha achọgbị sị, "Ee, anyị chọrọ." Ma madụ, ndị na-echeta na ha na Omenụkọ bụ enyi wee sị, "Nna anyị, o bụrụ na ị ga-emezirị anyị onụ ahịa ụlọ ahụ, anyị ga-azụ ya."

O wee sị ha, "Kwerenụ na ụnụ ga-azụ, aghaghị m ịresị ụnụ." Ọtụ onye wee pụta sị na ya chọrọ otu ụlọ, onye ọzọ wee pụtakwa sị na ya chọkwara otu ụlọ. Ha dị madụ ole na ole kwere na mbụ. E mesịa ha emee anya lere ibe ya, wee dị ọtụtụ bụ ndị chọrọ ịzụ ụlọ ahụ. O wee site n'ikwe onụ ahịa mara ndị chọrọ ịzụ ụlọ n'ezie. Site na nke a o wee mata onye o ga-enye ụlọ na onye o na-agaghị enye. O wee nyẹchaa ndị chọrọ ịzụ ụlọ ahụ n'ọfụ, ma ụlọ nke ma ya ma ụlọ ụmụ nne ya.

O wee sị Obiefula ka ọ jikere onwe ya n'ụbọchị ndị sị na ha ga-abịa leta ụlọ ọhụrụ nke ya wuru bjachara laa, ka ya na ya jekwuru D.C. gwa ya okwu banyere Warrant nke ya. Obiefula asị ya, "Ọ dị mma, Mazị". Ndị ahụ wee bịajịa laa, Omenụkọ wee zie otu onye ozi, sị ya gaa gwa Obiefula na ha ga-eje n'ụbọchị atọ dị n'ihu, ga hụ D.C. Onye ozi ahụ wee jee zie dị ka o ziri ya.

Owee ruo ụbọchị atọ ahụ, Omenụkọ wee pụkwuru nwa ntakịrị abụọ, bụ Obiefula, n'ihu na ụzọ ha ga-esi dị nsọ n'ụlọ Obiefula. Ha abụọ wee garuo Awka, bụ D.C. wee gwa ya ihe ha chọrọ. D.C. wee tinyere ahụ Obiefula. n'ebe ahụ ndị eze ndị ozo dị. Omenụkọ wee sị Obiefula, "Ịjụ ya n'onwe gị nna m ahụ pụtara na gị abụrụla onye eze ugbu a." O wee jụọ ya dị ka o gwara ya jụọ. D.C. wee sị ya, "Ee, onye eze ka ị bụ ugbu a. O bụrụ na acho m ndị orụ ma ndị ibụ ma o bụ ka gị nye m iji, ị ghaghị ime otu a. Ozọ kwa ị ghaghị ilekọta ndị gị anya nke ọma. O bukwanị uka Omenụkọ. Mgbe Omenụkọ na-achị obodo, o dighị igba aghara dị ma olị. Omenụkọ ga na-achị ndị ya na ha bị n'ala ahụ, n'ala ọhụrụ. Ị nụla? Gị onwe gị ga na-achị ndị bi n'ọchịe ụlọ unu. Ị nụla? O bụrụ na ihe o bụla dị nke ka gị ike n'ọnụpụ, ị ghaghị iga gwa Omenụkọ ka o gwa gị ụzọ ị ga-esi eme ihe ahụ. Ị nụla?" Obiefula wee sị, "Ee." D.C. wee sị ha laa, ha wee laa. Mgbe ha rụrụ ụlọ, gịnu wee sị n'elu na ala na-ada n'akụkụ obodo ahụ niile bụ Ndị Mgbọro- gwụ. Nke a pụtara na Ndị Obiefula no n'ọnụ na ha weghachịrị Warrant nna ha bụ Mgbọrogwụ; Ndị Omenụkọ na-atụ na Mazị ha, bụ Omenụkọ ji Warrant nke onwe ya, o bụghịkwa nke onye ozo.

Omenụkọ wee zie ndị eze ndị ozo sị ha ka ha bịa letaara ya ụlọ ya, n'ịhị na ya ewusịala ụlọ ahụ nke mere ka ya ghara ibịa ụlọ ikpe ruo onwa atọ. Ha wee bịa leta ụlọ ya, wee tọọ ya na o mere ozị ukwu. Ụfọdụ wee nye ya shilling ịrị, ụfọdụ enye ya shilling ise; onye eze o bụla enye ka ike ya ha. Omenụkọ wee kelee ha nke ukwu. Mgbe o nyesịrị ha ihe orịrị dị iche iche na ihe ọṅụṅụ dị iche iche, o wee kọọrọ ha dị ka ya na Obiefula siri jekụwuru D.C. wee gwa D.C. ihe banyere Warrant Nke Obiefula. D.C. wee kwenye, dee ahụ Obiefula n'ebe a na-ede ahụ ndị eze, gwa ya na ọ ga na-amata ozị dị ka ndị eze ndị ozọ na-anata; gwakwa ya sị, "O bụrụ na ozị o bụla eruo gị ntị, ma ị meghị ya, ọ bụghị uka Omenụkọ. Site n'ịhị nke a ị ga-eịsị ihe iịchịkọta ndị gị ka Omenụkọ mereleri. Omenụkọ ga-elekọta ndị obi ọhụrụ." Mgbe ndị eze ndị ozọ nụsịrị okwu ndị a, ha ewere obị ha dumu sọrọ enyi ha Omenụkọ n'ịhị otu n'ịhị ne Omenụkọ adịghịkwa mma ịnupu Warrant; ndị eze ahụ wee laa. Omenụkọ wee kpọọ ụmụ nne ya na nne ya, ha dumu wee rie, nụọkwa.

Omenụkọ wee sị ụmụ nne ya "O bụrụ na adị m ndịị ta, a Obiasị Dị N'Elu mere ka m dị ndụ site n'aka unu. Ụmụ nne m, geenu ntị. Okorafo, jekụwuru onye ode akwụkwọ n'ụlọ ikpe ka o meere gị oda (order) ịna-agụrụ na-ekwu n'ala Ndị Ọcha. Ịhe ego ya pụtara ịm. ga-akwụrọ gị ugwọ ya." O sịkwa Nwabụeze, "Gaa Onịtsha n'ụlọ akụ ma o bụ ụlọ ahịa, gaa m enye gị ego ka ị wee zurụ inyinụ ịgwe ka o bụrụ nke gị." O sịkwa Ogbonna, "Chọta ezị nwa agbọghọ mara mma n'ezị obodo n'ezị ụlọ, m ga-enye gị ego ka ị kwụọ nne na nna nwa ntakịrị abụọ; ka o buru nke gị." O wee sị- kwa, "Ụmụ nne m, otu ihe dị nke na-egbochị m ịrara mgbe o tula m chetara ya. Ha wee juo ya sị, "Ọ bụ gini bụ ihe ahụ?" O wee sị ha, "Ụmụ madụ ndị ọzọ ahụ m rere. O kweghị m ịchefu mgbe o bula." Ụmụ nne ya wee sị ya na ha ga na-ariọ Ọbịasị Dị N'Elu ka O mee ihe O dere dị mma n'ebe ihe banyere ụmụ madụ ahụ nọ. Omenụkọ wee gbakwa nkịtị na-eche ihe banyere ụmụ madụ ahụ.

ISI NKE ASATỌ

IHE BANYERE NDỊ OMENỤKỌ RERE ERE

Omenụkọ matara otu nwoke n'obodo anyị, aha ya bụ Ịgwē. O bụ onye na-azụ ahịa, burukwa ezi madụ n'ile anya na n'ọnụme. Omenụkọ wee zie ozi ka a ga kpọrọ ya Ịgwē a. Mgbe ozi ruru Ịgwē ntị, ọ bilie ngwa ngwa wee gawa ka ya ga mata ihe Omenụkọ na-akpọrọ ya. Mgbe ọ garuru ụlọ Omenụkọ, o wee lee ya ọbịa nke oma. O ruo mgbe anyasị, Omenụkọ asị ya, "Enyị m, Ịgwē, biko ihe mere ka m jị zie ka a kpọọ gị dị m nọ ọke mkpa, o na-egbochi m ụra mgbe o bula. Ebe ị bụghị obịa n'ala anyị ị matakwara ihe m mere nke bụ ihe ọjọọ jogburu onwe ya n'ọbọdọ anyị. Biko ana m achọ m ga ga-esịte n'aka gị mata ma ọ dị ụzọ m ga-esi chọpụta ndị nile ahụ m rere."

Mgbe ahu Omenụkọ na Ịgwē wee nwee nzukọ n'ịntị onwe ha. Ha abụọ agbaakwụ ndụ ha wee nụrịtaa iyị. Omenụkọ wee tụọrọ Ịgwē ilu sị, "Ụta gbatara eleke olị ọba, ya rie ogụ mkpụrụ akụ." Nke ịsị ya bụ na onye o bula nke chọpụtara ụzọ ya ga-esi wukwa

ndị ahụ anya, ihe o bula onye ịsị ahụ sị ya weta na ya
bụ Omenụkọ ga-eweta ya. Ịgwē wee sị Omenụkọ,
"Atula egwu, Chineke dị ndụ; ma ọ bụrụ na
adịkwuo," Ha wee gbụọ ewu ha jịrị gbụa ndụ, kee ya
rie ụfọdụ, werekwa ụfọdụ laa n'ụlọ ha. Ịgwē asị
Omenụkọ ka ya ga chọọ ụzọ, ọ bụrụ na ya achọta ihe,
na ya ga-eme ka Omenụkọ mara. Omenụkọ wee sị ya
na ọ dị mma. O wee laa. Ma Ịgwē amatala eri madụ
abụọ n'ime ha bụ ndị e rere ere bị.

Otu nne bụ nwanna ha bi n'ụlọ Mazị Oji n'Aru
Ụlọ. Nke ọzọ bikwa n'Aru Ụlọ ma a mataghị aha
onye gbatarị ya. Ịgwē wee chọọ ụzọ ma ọ ga-ahụ ebe
ndị ọzọ bị, ma ọ chọtahị na mgbe ahụ. O wee laa
n'oge ijie ahụ, jekwuru enyi ya Omenụkọ kọọrọ ya pa
na ya onwe ya chọ- pụtara madụ abụọ n'ime ha.
Omenụkọ wee jụọ ya sị, "Bịkọ, aha ndị ahụ bụ gini?"
Ịgwē wee sị, "Obioha nwanna gị bụ otu, ọ bikwa
n'ụlọ Mazị Oji. Eleleke Okoro kwa, amataghị m ụlọ
ebe o bị." Omenụkọ wee sị, "Enyị m Ịgwē, ọ bụghị
ka ị rịọwa ndị ahụ ka ha kwenye ka m gbarakwa ndị
ahụ dị ka m nwuru na mbụ, kama ihe m kwere gị
nkwa ya bụ jisie ike chọpụta ebe onye o bula n'ime
ha nọ." Omenụkọ wee sịkwa Ịgwē, "Aga m agwa gị
ụgbụ a ma nkwa nke m kwere bụ ezi nkwa",
Omenụkọ wee baa n'ụlọ ya were ego taka'isi pụta gịro
enyi ya Ịgwē ego, pound ịrị, sị ya na otu madụ nọ na

pound ịse. O sị, "Mgbe ị chọtara ebe ndị ọzọ nọ bia gwa m, narakwa m pound ịse tutu a chọtazie ha dum, ma ọ buru na ị nwereli ike." Omenụkọ wee juo Ịgwē mgbe ga-abụ ọge Bịanko na nke Agbagwụ na Oge Nta. O wee gwa ya ọge ha n'otu n'otu. Omenụkọ wee sị Ịgwē, "Ị ga-alawa, ma ihe ọzọ bụ anya rụọ gị ala." Ịgwē wee kelee ya, laa. Mgbe Ịgwē lasịrị Omenụkọ wee kpọọ ụmụ nne ya, wee kọọrọ ha ihe mere, ha wee nụrịta ọnu. Omenụkọ wee juo ụmụ nne ya sị, "Onye ga-ejẹ jụpụta Mazị Oji ihe m ga-akwụ ya ma ọ kwe ka m gbarakwa Ọbiọha nnà m? Ọzọ kwa Mazị ga-eduzị onye ahụ uzọ n'ụlọ ebe Elebeke Okoro bị, ijụputa- kwa onye ụlọ ahụ ihe m ga-akwụ ya n'isi Elebeke." Nwabuẹze wee sị na ya ga-ejẹ. Omenụkọ wee gụpụta madụ ndị ọzọ tinyere Nwabuẹze, sị ha ka ha na-ejikere ruo ụbọchị ya ga-asị ha bilie. Omenụkọ wee guzịe ụbọchị dị ka ihe Ịgwē gwara ya banyere ọge ijẹ. O wee gwa Nwabuẹze ụbọchị ha ga-ebili ka ha wee gharạ izute ndị ijẹ n'ụzọ. Ma otu ihe dị nke Ịgwē chefuru ikoro Omenụkọ bụ na ahịa adịghịkwa na Bende, na e bụghịala ya na Ozuakọlị. Nke ọzọ kwa na mgbe mbụ, ọ bụ Bịanko bụ ọge ukwụ karịa Agbagwụ, ma ugbu a Agbagwụ bụ ọge ukwụ karịa Bịanko.

Omenụkọ amataghị na ihe dị otu a dị. Ya mere o wee juo ụbọchị dị ka mgbe ọge jie Bịanko jị ebili, guọkwa nke Agbagwụ na Oge Nta. O wee guọbịa ụbọchị mgbe ọ chere na Bịanko na-azụ, ọ bụghị Bịanko kama ọ bụ Agbagwụ. Ma site n'ihe Ịgwē gwara ya banyere ọge ijẹ, o wee zịpụ Nwabuẹze na ndị ọzọ na mgbe ọ chere na ụzọ ga-adị juụ, ma ọ bụghị dị ka ọ chere n'ịhị na Nwabuẹze zutere ndị ijẹ n'ụzọ jụọ ha ahịa ha gara, ha wee sị ya, "Bịanko". Nwabuẹze wee juo ndị ijẹ ahụ sị, "Ọ bụghị Agbagwụ ga-azụ n'abalị ịrị na isii ta a?" Ha wee sị ya, "Ee-e, kama ọ bụ Oge Nta." Ihe a wee ju Nwabuẹze anya. Ha wee chọọrọ ụlọ n'ebe ha ga-ezu ike wee cheekwecha echiche. Mgbe ha na-eche ihe ha ga-eme Nwabuẹze wee jụpụta site n'ọnụ ndị obodo ahụ ebe ha nọ n'ala ha ezuru ike asị: e gbụgharịrị ọge ijẹ egbughari, na Agbagwụ bụ ọge ukwụ karịa Bịanko ugbu a. Ma mgbe ha bilirị n'ụlọ, ha chere na ha bilirị n'ịttị Agbagwụ na Oge Nta, ma ha amataghị na ọ bụ n'ịntị Bịanko na Oge Nta ka ha bilirị, ha wee nọdụ n'ọbodo ahụ bụ Ugwụ Akụ, na-echere ka ndị ijẹ gafeesịa. Ha wee nọọ abalị atọ n'Ugwụ Akụ, na mgbe ahụ ndị ijẹ wee gafeesịa. Ha wee biliekwa ijẹ ha. Mgbe ha ruru Bende, Nwabuẹze chere na ọ ghagbị amata- kwa ụzọ, o wee chọta madụ abụọ na Bende ka ha bụọrọ ha ihu. Ma ị ga-amata na ọ bụghị ibu arọ ka Nwabuẹze na-achọrọ ndị Bende ahụ, kama ọ bụ ndị ga-eduzị ha ụzọ tutu ha eruọ Arụ Ụlọ.

**Nwabueze wee kọọrọ Mazị Oji na ya bụ nwanne
Omenụkọ .**

Madụ abụọ ndị a wee duru Nwabueze na ndị ya
ruo Arụ Ụlọ. Onye o bụla bụ onye Arọ, ma ọ gaa biri
n'ọbọdọ ọzọ ọ ghaghị inwe ebe ọ ga-akpọ obị ya
n'ụlọ1. N'ihi ya Nwabueze wee chọọ ka ya gaa n'ezi

55

ha, ma, ọ chetara ihe ọjọọ ahụ nwanne ya bụ Omenụkọ mere megide ikwu na ibe ha.

Ọ wee tụọ ụjọ ịga n'ezi ha. Ọ wee jekwuru Mazị Oji nọdụ n'ụlọ ya. Ma Ọbiọha anọghị n'ụlọ, ha gara ahịa. Nke itụ Agbanyịm. Nwabueze wee kọọrọ Mazị Oji na ya bụ nwanne Omenụkọ. Ọ wee tie mkpu nke ukwuu, sị, "Ewo! I bụ nwanne ya n'ezie?". Ọ wee kọọrọ ya akụkọ banyere nwanne ya bụ Omenụkọ. Ọ wee jụọkwa sị "Enyi m Omenụkọ, ọ dị ndụ?".

Mazị Oji wee lee ha ọbịa nke ọma. Ọ ruo mgbe chịịrị Nwabueze wee sị, "Mazị Oji, ọ bụ enyi gị Omenụkọ zitere m sị ka m juta gị ihe dị ya oke mkpa, ihe ahụ bụ ma ị ga-ekwe ka ya gbarakwa Ọbiọha nna m1. Ọ bụrụ na i kweere, ka i kwuọ ihe ị ga-akwụ gị wee nwetakwa ya.". Mazị Oji wee tie mkpu sị na ọ bụ Ọbiọha ka ya mere ka onye isi ndị ọhụ ya, n'ihi na ọ bụ madụ dị obi ume ala, ọ bụkwa ya ka Mazị Oji tukwasịrị obi n'ihe nile1. Nwabueze wee sị ya "Ọ ga-adị otú a n'ezie, ma i ga-amata na ọ bụghị nanị Ọbiọha ka ọ chọrọ ịgụtakwa. Ozọ kwa ọ chọrọ isite n'aka gị mata ebe ndị ọzọ ahụ ọ rererị bụ ugbu a."

Mazị Oji wee sị, "Ewo! Nke ahụ abụghị ihe tara ikike n'ime, onye a na-akpọ Elebeke bi n'ụlọ Ezuma; a chọwakwa ndị ọzọ a ga-ahụ.". Nwabueze

sirị Mazị Oji, "Nke ahụ ga-abụ ozị gị n'ịdụga m n'ụlọ
Ezuma na ịgba ya ọtụ-okwu ahụ nke m gwara gị"1.
Mazị Oji wee sị na ọ dị. Mma. E mesịa Nwabuèze
wee jụọ ya mgbe ha ga-eje n'ụlọ Ezuma. Mazị Oji
wee sị na ọ bụ echì. Nwabuèze wee kwenyè sị ya diba
echì. Ma Mazị Oji buru uzo jekwuru Ezuma jupụtara
n'ọnụ ya ma ha ga-ekwe ka e mee ihe dị otú a. Ezuma
wee sị Mazị Oji, "Anyị aghaghị ikwe n'ihi na ụmụ
ntakịrị ndị a bukwa ụmụ ntakịrị anyị. Anyị onwe anyị
ndị bị n'ụlọ na ndị Anyị bị n'ezị bukwa otu, site n'ihi
ya anyị aghaghị ikwenyere enyi anyị ibu Omenụkọ,
ma ọ mezíe anyị nke ọma.

O wee sịkwa, "Ọzọ dịkwa, ya bụ na ụgbụ a bụ
echereịBekee, o buru na ụmụ nta ndị a chọrọ ịla
n'ọnwe ha, ha nwere ike ịla, ma ọ bụrụ na anyị
ekweghị ka a gbàrakwa ha ụgbụ a. E leghị anya ọ ga-
apụta ụka, na mgbe ahụ ha ga-alakwa n'ụlọ ha na-
akwụghị ego ọ bụla. Mazị Oji wee hụ na okwu
Ezuma bụ ezi okwụ. O wee jụọ ya sị, "Gịnị ka e jere
anyị ga-asị ha kwụọ anyị?" Ezuma wee sị ya, "Ọ bụrụ
onye okwu kwụọ mgbe ahụ ị ga-amata ihe ị ga-asị
ya". Ha wee hapụ okwu ahụ chii wee bọọ. Mazị Oji
na Nwabuèze ejikere gaa n'ụlọ Ezuma. Mgbe ha
batara tụrịtaa aha ụrụtụ, taakwa jị tụọ nzu, Nwabuèze
wee malite ikwu okwu sị na ọ bụ Omenụkọ zitere ya
ka ya bịakwute ha, rịọ ha ka ha gwa ya ihe ya ga-

akwụ n'isi Obioha na Elebeke, wee gbarakwa ha. Madụ abụọ ndị a, Ojị na Ezuma wee sị na ha ga-agba izu, wee sọọ okwụ ahụ. Ha apụọ kwụọ, nọwa mgwa, laghachị, sị ka ọ dịbakwa echì, ma mgbe ahụ e leghị anya Obioha gara ije ga-alọta; mgbe ahụ ha dum ga-edekọta ọpụ n'ọtụ wee saa okwu ahụ. Nwabuèze wee sị na ọ dị mma ka ọ dịrị echì ahụ.

Obioha wee laghachị na mgbe anyasị, wee hụ na nwanna ya bụ Nwabuèze bịara. Obioha mere ụma dị ka a ga-asị na ụmụ nna ya aka-emegide ya ihe ọ bụla jọrọ njọ ma olị. Obioha wee duru nwanna ya, bụ Nwabuèze, ga n'ụlọ ya. Mgbe ha abụọ nọ na-akparịta ụka, Nwabuèze wee kọọrọ Obioha ihe bụ isi obibia ya. Obị wee tọọ Obioha ụjọ nke ukwu mgbe ọ nụrụ okwu dị otu a site n'ọnụ nwanna ya, ma ụka ọ ga-enwe isi, ma ọ gaghị enwe isi, obi tọrọ ya ụtọ.

Obioha wee sị Nwabuèze na Ọtị, onye ọzọ e rere ere, nwụrụ n'afo gara aga, na orịa afo gburu ya, na ọ bụrụ na ọ hụ Arịsa na ọ gaghị amatakwa ya n'ihi na ụkpa na-egbu ya. Nwabuèze wee jụọ Obioha ebe Arịsa bi, o wee sị "Ọ bịkwa n'Ọbịnikita n'ala a."

Na mgbe ahụ Mazị Ojị wee kpoo Obioha, o wee jekwuru ya. Mazị Ojị wee kọọrọ ya ihe nwa-nna ya jekwuru. Obioha wee sị, "Nke ahụ bụ ụka unu, ọ bụrụ na ọ ga-adị gị mma, ọ ga-adị m mma." Mazị Ojị wee sị mgbe ha hụrụ Ezuma na Elebeke anya, na ha dum ga-ekwukọta n'otu. Obioha wee sị na ọ dị mma. Mgbe chiri bọọ ha dum wee zukọta n'ụlọ Mazị Ojị palitekwa okwu a. Mgbe ha kwụturụ nke nta, Mazị Ojị na Ezuma na Obioha na Elebeke wee pụọ n'ịzụ. Mgbe ha rụrụ n'ịzụ ahụ, Ezuma wee tụọ ihu sị, "Onye a na-agbara ama ọ na anụrụ: onye a na-ebuo Ebubo.

Ọ kwetala? Ọ sịkwa, "Madụ abụọ, Obioha na Elebeke kwụọnu uche nụ. Ha wee sị na ọ bụ ha bụ mma ha ukwu bụkwa ndị nwe ha, ha ga-ekwu ma ha kwere ma ha ekweghị. Mazị Ojị wee sị, "Ọ bụrụ na nwanna unu na-achọ ka ya gbàrakwa unu, nke ahụ abụghị ihe ọjọọ. Aru Elugwu na Aru Ụlọ bụkwa otu, n'ihì nke a anyị ga-ekwe." Ha wee laghachị n'ịzụ, wee sị Nwabuèze na ha kweere, ya bụ ka ọ gwa Omenụkọ otu a. Ọzọ kwa, na ha ga-enyere ya aka ka ọ nweta Arịsa. Nwabuèze wee kelee ha, laghachikwa n'ụlọ Obioha. O ruo n'echì ya Nwabuèze wee jekwuru Mazị Ojị na Ezuma sị ha, "Biko, gwanyụ m ihe Omenụkọ ga-akwụ unu." Ha wee gbaa izu, pụta, sị Nwabuèze ya gwa Omenụkọ na ụmụ nta ahụ bụ nke ha na ya, na onye ya mata-kwara ihe ha kwụrụ ya n'isi otu madụ mgbe ọ resịị ha madụ abụọ ahụ. Nwabuèze wee laa n'ụlọ Obioha na-atụrụ n'ihì na okwu ha na-achọ inwè isi. N'echì ya, Nwabuèze wee laa ka ọ ga kwuoro Omenụkọ ihe ọ jetara banyere ndị atụọ rereịị.

Mgbe ọ rụrụ ụlọ ọ wee kọọrọ Omenụkọ dị ka ya sịri ya ije ga. Otu wee jụ Omenụkọ obi. O keleekwa Nwabuèze nke ukwu.

Ije ha agaa nke ọma nke oma, ma otu ihe mere n'anyasị ahụ mgbe ha ruru ụlọ, agwọ tara Nwa-buèze. Mgbe ọ jiri rute ụlọ, agwọ ahụ tara ya, na-egbu ya mgbu hie nne. Site n'ihì nke a Ọme-nuko wee gwa Ọkorafo sị, "Biko achọghị m íchere nche. Arịo m gị ka ị durukwa o dị ahụ na Nwabuèze soro ga na mgbe mbụ, ghaghachikwa Arụ Ụlọ." Ọkorafo wee kwe, Omenụkọ wee sịkwa ya "Mgbe ị rụrụ, ị ga-ejekwute Mazị Ojị kwuo ya ohụ pound abụọ, kwuo Ezuma ohụ pound abụọ kwa. I ga-ahụkwa onye ahụ Arịsa bị n'ụlọ ya, ị kwụọkwa ya ohụ pound abụọ. I bụghị nwa nta, chọọ ụzọ ma ị ga-enweta ndị ọzọ." Ọkorafo wee jikere bilie, ya na ndị ahụ bụ ndị sooro Nwabuèze nke mbụ. Omenụkọ wee weta otu onye dibịa, ọ bịa meere Nwabuèze ogwụ banyere agwọ tara ya.

Ma mgbe Ọkorafo na ndị ya garuru Ozụitem, ndị obodo ahụ wee jide ha. Ihe ndị a mere n'abali, n'ihì na Ọkorafo na ndị ya na-aga ije n'abali karia n'ehihie. Ndị Ozụitem wee sị na Ọkorafo na ndị ya mebirị Ekpe ha. Ọkorafo wee sị na ya onwe ya abaaala Ekpe. Ha asị ya, "Bịịa ka ị zi anyị isi ụdọ." Ọkorafo wee soro ha gaa zi dị ka onye ọ bụla bara Ekpe na-ezi. Ha wee hapụ ya, sị ya, "Madụ ndị a gị na ha so, ha bara Ekpe?" Ọkorafo wee sị na ndị ahụ abaghị Ekpe. Ha wee sị "Gịnị kwa ka a ga-eme banyere ha, n'ihì na anyị nyechịrị Ekpe?" Ọkorafo wee sị na ọ bụ ha ka ọ dị n'ọnụ ikwu. Ha wee dọọrọ nara Ọkorafo shịlịng ise, shịlịng ise n'isi otu onye n'ime madụ ahụ ahụ soro ya ga ije ahụ. Ndị Ozụitem wee hapụ ha, ha agate, wee jere ije rụọ Arụ Ụlọ. Mgbe ha rụrụ ụlọ Ojị, Mazị wee mata Ọkorafo, kpọkwa ya aha. E mesịa Obioha wee duru Ọkorafo gaa n'ụlọ ya.

Mgbe chị bọrọ, Ọkorafo wee sị Mazị Ojị na ọ bụ dị ka ihe nwannne ya Omenụkọ zitere nwa bụeze n'abalị ole na ole gara aga, ka ya bịaaral 9/4 Mgbe Mazị Oji wee si na Ya na oyi ka ya ma na ga-akpọkwa Ezuma n'ihi na o dịghị ihe o bula ha ga-ekwu ma ọ nọghị. Okorafo wee si na ọ dị mma, ha wee zie ka a kpọọ Ezuma. Mgbe Ezuma bịara ya na Mazị Oji wee pụọ n'ụzọ wee gbaa izu laghachikwa, sị Okorafo, "Kwụkwọnụ ihe unu kwuru ka anyị nụ." Okorafo wee sị, "Bịkọnụ ụmụ nnạ m, ọ bụ Omenụkọ ziri m ịbịakwute unu banyere ihe Nwabeze gwara unu n'ụbọchị gara ga, banyere Ọbiọha na Ele- beka na Arịsa." Ha wee sị na ha kwuru ọlụ ha n'ụbọchị ahụ mgbe nwanne ha bụ Nwaluẹze bịara. Ha ekwukwaa sị, "Ụmụ ntakịrị ndị a bụ ụmụ ntakịrị unu, burukwa nke anyị, n'ihi nke a ọ bụrụ na ụmụ ntakịrị kwere ịsọrọ unu laa ọ dị mma, ma ọ bụrụ na e nyeghachị anyị ihe anyị mere wee nweta ha."

Okorafo wee kelee ha nke ọma wee wepụta ihe ọ jiri tinyé ego, gụpụta ohụ pound abụọ, sị, "Mazị Oji nke a bụ nke gị." O wee gụpụta ohụ pound abụọ ọzọ sị kwa, "Mazị Ezuma, nke a bụkwa nke gị." Ha wee kelee ya nke ukwu. Ọbiọha na Elebeka wee bilie, kpọọ isi ala nye Mazị Oji na Mazị Ezuma, keleekwa Okorafo ekele dị ukwu n'aha Omenụkọ. Ha mgbe nke ahụ gatesịrị, Okorafo wee jụọ ihe ha banyere Arịsa. Mazị Oji wee sị, "Nke ahụ abụghị ihe ịra ikike n'ime." Mazị Ezuma wee sị, "M ga-ezipu madụ ụgbọ a ka a ga kaara ya na Okorafo nọ n'ebe a, na-achọkwa ihe ya." Ha wee zipụ Elebeka ka o kpòo ya. Mgbe Elebeka biagha- chiri, o wee si na Arịsa ga-abịa, na ọ sịrị ka ya kụsia nkwọ ya na-achọ iku.

E mesịa Arịsa wee bịa bụ Okorafo kwawa ákwá. Okorafo wee rịọ ya ka ọ ghara ikwa ákwá. Ọ wee juwa Okorafo banyere ghà madụ nile n'ụlọ nnạ ha ukwu, Omenụkọ. Okorafo wee sị na ya madụ nile dị ndụ na ọ bụ nanị ụmụ nne ha ndịnyom, Nwanụ na Ụdẹọla bụ ndị nwụrụ anwụ. Arịsa wee mee ebere nke ukwu banyere onwụ Nwanụ na Ụdẹọla. Okorafo wee sị ya na ihe ya bịarà bụ ịdịrọukwu ha laa, na ọ bụ n'ịhị ya ka ya ji dụpu madụ ka a gwa na ya na ya bịarà n'ebe a. Okorafo wee jụọ ya sị, "Ana m achọ ijụpụta gị ma ọbị ọ dịkwa gị ụtọ n'ime ka ị laa ala anyị?" Arịsa wee sị, "Gịnị ka Ọbiọha na Elebeka kwụrụ, ha kwere ekwe ma ọ bụ na ha jụrụ ajụ?" Okorafo wee sị na ọ bụ Ọbiọha na Elebeka ga-asa ajụjụ nke a. Madụ abụọ ndị a wee sị, "Arịsa kwere, n'ihi na anyị ekwerela, Okorafo ga-ahụkwa nna gị ukwu bụ Ọkpara, anya, n'ihi na Okorafo ahụla ndị nwe anyị anya." Arịsa wee sị Okorafo na ya ga-ekwe mgbè ya na nna ya ukwu hụrụ anya, a sị na ọ bụ taa na ya ga-ekwe, a sịkwa na ọ bụ echi na ya ga-ekwe. Okorafo wee sị Arịsa, "Lawa n'ụlọ gị. Echi ka anyị ga-abịakwute unu, ma aghaghị m ịdụpu madụ ọbị gwa nna gị ukwu na Mazị Ezuma ga-abia n'ụlọ ya echi."

Arịsa wee laa ga jikere ihe ọ ga-enye Okorafo ma mgbe ha bịara. Mgbe onye ozị ahụ bịara n'ụlọ Ọkpara, o wee sị ya na Mazị Ezuma sị ya "apụla apụ echi n'ihi na ọ nwere onye ga-eso ya bịa n'ụlọ ya. O wee sị ya, "Ọ dị mma, onye no n'ụlọ ya na-eche madụ,ụkwụ agaghị egbu ya mgbu." Okpara wee kpoo Arisa sị ya na ọ ga-enye ya mmal ngwo ọ ga-awụta n'echi ya. Arisa wee sị na ọ dị mma, ma ọ dịkwannụ ihe ya ga-eji mai mee echi ahụ, sikwa na ya ga-enye Okpara otu ite maj, werekwa otu ite maj mee ihe ya chọrọ n'ihi na ọ bụ nanị ite maj abụọ ka ya na-awụta n'ụtụtụ.

Chi wee bọọ. Mazi Oji na Mazi Ezuma na Obi-ọha na Elebeke na Okorafo na ụfọdụ n'ime ndị ya na ha so wee bia n'ụlọ Okpara. Mgbe ọ nyesịrị ha oji na okwa ose ha atasia, Okorafo wee sị Mazi Oji, "Sowe okwu anyị". Mazi Oji wee sị, "Ọ bụnu ezi okwu, Okorafo, ma ndị tụrụ ilu sịrị, 'Onye nwe ọzụ na-apa ya n'isi', site n'ihi ya, ọ dị gi n'ọnụ". Okorafo wee sị na ọ dị mma, wee sị Okpara, "Biko nnọ m, ọ bụ ụlọ gi ka m biara ihe a, na-arịọ gi n'aha nwanne m, bụ Ome-nukọ, n'ihi na ọ bụ ya zitere m ka m bịakwụte gi na Mazi Oji na Mazi Ezuma ka ụnụ madụ atọ kwọ ya ga gbarakwa ụmụ nna anyị, madụ atọ n'ọ dì a, Obiọha na Elebeke na Arisa.

Mụ na ndị eze abụọ ndị a ahụla anya banyere Obiọha na Elebeke, nhè ahụ agwụsia." Okpara wee sị ya na ya onwe ya chọrọ ka ya na Mazi Oji na Mazi Ezuma gbàa izu. Okorafo wee sị na ọ dị mma. Ha wee ruo n'izụ madụ abụọ ndị a wee sị Okpara na ha anarala ego nke ha. Okpara wee sị ha, "Ole ka m ga-asị ya kwụọ m? Ha wee sị ya, "Kaara""ya na gi ekwerela ihe ọ kwụụrụ gi, anyị ga-ahụkwa." Ha wee laghachị n'izụ ha. Ha wee sị Okorafo, "Anyị agbaala izu laghachikwa. Okpara kwere ekwe.

Ọ sịkwa ebe ọ bụ na anyị na gi ahụla anya na ihe dị na ya bụ e mee nwa ka e mere ihe ya, ọbị adi ya mma." Okorafo wee sị ha na nke ahụ abụghi ụka.

Ha wee sịrịta onwe ha na ha ga-ahapụ ya bụ okwu, ka ọ dịwa echi n'ihi na nkwụ foro ta a, chra ta a, abụghị ihe ọma. Mgbe ha na-ejikere ila, Okpara wee baa n'ụlọ bụpụta otu ite maj, wee che ya n'ihu ha sị, "Ọ bụ ụnu nwe maj nke a." Mgbe ha no n'ịgbapụ maj nke Okpara, Arisa wee gaa bute mai nke ya, sị, "Nna m ukwụ Okpara, were maj nke a nye ndị biara n'ụlọ anyị." Okpara wee mee otu ahụ, ndị ahụ bịara abịa wee kelee ha nke ọma. Mgbe ha no na-anụ mai, Arisa wee juọ nna ya ụkwụ sị, "Ọ bụ gi ni mere i sighi ka ị juọ m ihe bụ ụche m?" Nna ya ụkwụ wee sị ya, "Ọ bụ ezi okwu, ma, ihe mere m ka m ghara ịjụ gi ihe bụ ụche gi bụ na Mazi Oji na Mazi Ezuma na ndị nke ha ekwerela. N'ihi nke a m wee kwere dị ka ndị ọzọ kwere, ozọ kwa, ọ bụ n'ihi ihu gi anya ka anyị ji wee sị ka okwu ahụ dịwa echi." Arisa wee sị "Iyaa, ọbị adịla m ụtọ ntạm." Ha ahụsia maj otu ha nwere ike, wee laa.

Mgbe ha na-eje n'uzo, Okorafo wee sị, "Mazi Oji, ị chere na ihe a Arisa kwuru bụ okwu ụgha? Ọ dịghikwanụ mma dị ka Okpara sịrị ghara ịkpọ Arisa ka ha abụọ hụ anya tụụrụ ruo mgbe ọ kwụụrụ na ya ekwerela". Mazi Oji wee sị ya,"

"Ọ ga-emenu otu ahu, gi onwe gi matara na o bugbii ego ya ka o jiri gbaa ya, nanị nna a bụ uru o jetara n'ulo nna ya. Okorafo wee si, "Ọ bụ ezi okwu,

Mazị, ihe dị otu a na-emere kwa na ndinyom a luru alu; n'ihi na nne gi na nna gi luoro gi nwanyị, e mesịa agwa gi na nwanyị ahụ agaghị adịkọ n'otu nkemọma. N'ihi nke a, i ga-ekwu sị, "Ọ bụrụ na m chọrọ nwanyị n'onwe m agaghị m alụ onye nzuzu dị otu a." Ma ọ bụrụ na nwoke ahụ lutara nwanyị n'onwe ya, ọ bụrụ na nwanyị ahụ na-ata akwa ndụ, dị ya agaghị ekwu okwu n'olu ike n'ihi na ọ bụ ya hotaara onwe ya nwanyị." Okorafo wee sị na ya chere na ihe ọ bụla ya nyere Okpara n'isi Arịsa na ọ ghaghị inara, na ọ ga-adịkwa ya ụto karịa ha. Mazị wee sị, "Ọ bụ ezi okwu nwa m,"

"Mgbe ha ruru ụlọ, Okorafo wee kpoo Ọbioha na Elebeke jụọ ha ihe ha chere banyere mbili. Elebeke wee kwuo sị, "Anyị onwe anyị bụ nke gi ụgbu a, n'ụche nne m ihe ị kwụrụ ka anyị ga-eme n'ihi na otu ọ bụla anyị dị ụgbu a, ọ dịkwara gi onwe gi, ebe ị kwụghachiri ndị nne anyị ụgwọ n'isi anyị, anyị bụ nke gi." Okorafo wee sị ha na ọ bụ ije echi ha ga-eme ka ha mara dị ka ha ga-esi je. Ha wee sị na ọ dị mma. Okorafo wee sị ha echi echi ka ha kwakọwa ihe ha. Ha wee sị na ọ dị mma.".

"Ọ ruo n'echi ya, Okorafo wee jụọ Mazị Ọjị ma ọ ga-esokwa gaa n'ụlọ Okpara. Mazị Ọjị wee sị, "Ee". Mazị Ọjị na Okorafo wee jikere gawa. Mgbe ha ruru, Okpara wee nye ha ọjị.".Arịsa ebute kwa maị nye ha.

Mgbe ha tasịrị ojị, nọọ na-atụ maị. Ọkọrafọ wee rịọ ha sị, "Ịne ọ bụla a ga-ekwu taa ka e kwuo ya ngwa ngwa". Ọkpara wee sị ya na okwu dum dị ya n'aka, n'ihi na ya ajọọla onye ụlọ ya, na obi ya na ya bụkwa otu. Ọkọrafọ wee sị Ọkpara, "Ọlee nke bụ ụzọ?". Ọkpara wee sị Ọkọrafọ, "Echere m na m gwara gị sị e mee nwa ka e mere ibe ya obi adị ya mma." Ọkọrafọ wee wepụta ọhụ pọụnd na iri sị, "Ọkpara were nke a, ọzọ kwa ị matara na Arịsa bụ Arịsa mụ na unu." Mgbe ahụ Mazị Ọjị wee sị na nke ahụ bụkwa olu okwu mbụ ya kwụrụ banyere onye ụlọ ya bụ Ọbiọha, na Ọbiọha bụ nke ya na ha.

Ọkpara wee kelee Mazị Ọjị, keleekwa Ọkọrafọ, wee were ego, juọkwa ha mgbe ha ga-ebilị. Ọkọrafọ wee sị ya, "Echi." Ọkpara wee sị, "O-oo! Nna m Arịsa ị nụrụ ihe ha kwụrụ?" Arịsa wee sị, "Ee". Ọkọrafọ wee sị Arịsa n'ụtụtụ echi, ya jikere pịta hụpụ ihe nile ka ụka wee ghara ịpụtaara ya na nna ya ukwu, n'ihi na Omenụkọ jikere imere ha ihe ọ bụla machụ nwere ike imere ya, ka obi wee tọọ ya ụtọ, n'ihi mgbe ọ bụla ọ chetara ha, ụra adịghị atụ ya, iri ihe ọrịị adịghị agụkwa ya, nanị ihe ọ na-enwe ike imetụ aka bụ efenja ya. Arịsa wee sị na ọ dị mma na ya ga-apụta n'ụtụtụ echi ya. Ọkọrafọ wee kelee Ọkpara, sị ya ka okwu ha dịwa ka ha siri kwụọ ya, ya ka haa. Ọkpara wee sị na o dịghị ihe ọzọ, echi onye ụlọ ya ga-apụta. Ha wee laa n'ụlọ Mazị Ọjị. Mgbe ha zusịrị ike ije ha, Ọbiọha wee kaara Ọkọrafọ ka o kpọọ ndị Eze ha dum, kọọrọ ha na ha ga-eje ala echi na ọ bụghị nkè ụkà na ụkà, kama ọ bụ nkè ụdọ, n'ihi na onye mere ka ha nọdụ n'ebe ahụ chọ- kwara ka ha soo laghachị, na ọ bụla ndị nwụ na anya, na mma ya Ọjị kween'e ọhụma ya.

Mazị Ezuma otu aka ahụ n'ebe Elebeke nọ; Okpara Udensị kween'erakwa n'isi Arịsa. Ụfọdụ n'ime ndị Arụ Ụlọ kwara akwa n'ihi ụla ha, ma ụfọdụ sị na ọ dị mma dị ka e mere ihe dị otu a n'ụdọ, ka ọ ghara ipu ụka, n'ihi na a sị na ọ pụta ụka, ọ ga-abụ ọgụ nne na nna, n'ihi Arụ Ụlọ na Arụ Elogwu bụ otu. Okorafo wee sị ya na ọ mere nkè ọma n'ikpọ ha gha ihe dị otu a. Okọ- rafo wee sị ya na ha aghaghị izoli na mgbe anyasị echi. Ọbiọha wee sị Okorafo, "Ọ bụ ụka gì, mgbe ọbụla a sị na anyị ga-azọlị anyị ga-ekwekwa." Ọ rụọ n'echi ya, Okorafo gwa otu onye na n'ime ndị ya na ha so, ka ọ sọrọ Ọbiọha gaa na nkè Mazị Ezuma gwa ya ka Elebeke pụta n'ụtụtụ ahụ. Ha wee gawa ikpọ Elebeke. Mgbe ha ruru, Mazị Ezuma wee kelesia ekele. Ha wee gwa ya okwu Okorafo kwuru, o wee sị, "Ọ dị mma, ụmụ m." O wee kpọọ Elebeke ka ọ bata. Mazị wee baa n'ụlọ wepụta ego otu paund na shilling iri nye Elebeke sị ya, "Nwa m were nkè a zụrụ anwụrụ na ncha nkè ị ga-enye ndị gị mgbe ị ruru ụlọ." Elebeke wee gbụọrọ ya ikpere, kelee ya nke ukwuu. Ha wee bilie laghachị n'ụlọ Mazị Ọjị. Mazị Ọjị wee kpọọ onye ụlọ ya bụ Ọbiọha, nye ya ego pound abụọ na isi anwụrụ iri, sị ya ka ọ were anwụrụ ahụ meere ndị ụlọ ya ihe nzụta. Ọbiọha wee gbụọ ikpere n'ala wee sị, "Onye nwe m, lee ikpere, leekwa isi ala." O wee kelee ya nke ukwuu. Okorafo wee sị, "Mazị Ọjị, ọ bụghị ihe dị otu a ka anyị chọrọ n'aka unu kama ihe anyị chọrọ unu emeerele anyị.

Arịsa rutere ụgbụ a wee zi m ego otu pound Okpara nyere ya; Elebeke erutekwa zi m ego otu pound na shilling iri Mazị Ezuma nyere ya; gị onwe gị weererekwa pound abụọ nye onye ụlọ gị. Oo! Ndèewo Mazị." Okorafo na ndị ya wee nọrọ na njikere ruo mgbe anyasị. Okorafo na Ọbiọha na Elebeke na Arịsa wee sọọ bakwuru Mazị Ọjị n'ime ụlọ ya, wee kelee ya ekele ikpazụ. Ọbiọha wee sị, "Elebeke, sọọ m ka m ga kelee nne m ụkwụ." Ha wee bata n'ụlọ nne ya ụkwụ, nne ya ụkwụ akwawa akwa. Ọbiọha wee koro ya kwawa. Elebeke wee rịọ ha ka ha hapụ ikwa akwa n'ihi na ọ bụghị onwụ ka ọ ga-anwụ, n'ihi na ha ga na-abịa mgbe ụfọdụ na-eleta ha. Nwanyị ahụ wee sị, "Ọ! Ọbiọha nwa m, ọ dị ezị mma?" O wee sụọ ude ka ọ dịịrị, n'ihi na ọ bụghị onwụ. O wee kpọọ Ọbiọha sị ya bia. Ọbiọha wee gaa nsọ. O wee metụ Ọbiọha ọbị'n'obi ya sị, "Onye a gụrụ ahụ ọ dị ka aha ya. Ọbiọha nwa m, lawa n'ụdọ."

Ha wee bilie n'anyasị ahụ. Ha wee jee ije ha n'ụdọ. O dịghị ihe sọgbụrụ ha n'ụzọ ruo mgbe ha rụrụ ụlọ. Mgbe Omekọnụ hụrụ Ọbiọha na Elebeke na Arịsa, o were ọtụụ gaa zute ha n'ezị. Mgbe ọ kelesịrị ha ekele nkè ọma, ọ sị ha, "Ụmụ m zuwenu ike." Omenukwụ wee kpọọ ndinyom ya atọ nye ha otu ewu, otu ewu, sị ha, "Wereenu ha siweree madụ atọ ndị a nri." O nyekwa ha shilling ise ise ka ha were zụrụ azụ, wee na-eme ka ọfụ na-adị ụfọdụ n'ukwu. O wee kpọọ Ọbiọha wee sị ya, "Amātara m na mme gì nọ." O wee gwakwa Elebeke na nne ya na nna ya nọ, ọ sịkwa Arịsa "Ndị ụlọ gị nọkwa. Ma achọrọ m ka mụ na unu nọọ n'ebe a otu onwụ." Omenukwụ wee sị Ọbiọha, "Nwanyị nkè a ga-enye gị nri mgbe ị chọrọ.

Elebeke, nwanyị nkè a ga-enye gị nri mgbe ị chọrọ. Arịsa, nwanyị nkè a ga-enye gị nri mgbe ị chọrọ." O wee gwa ha sị na onye ọ bụla ga-eri nri n'ụzọ ọ bụla ọ sịrị chọọ ruo ọgwụgwụ otu onwụ ahụ. Ha wee kelee ya dị ka ọ mere cheta ha ọzọ, na ha onwe ha matara na ọ dịghị okwu ọ bụla dịịrị ha na ya, n'ihi ya ọ dịghị mgbe ọ bụla ọbị ga-atọ ya ụfọ ma ọ cheta ha. Ha wee kwuo sị, "Ọ bụ mmụọ nkè e ji adị ndụ fepụrụ n'ime gị, i wee mee ihe i nweghị ike ime na nrọ n'ihi. Anyị onwe anyị agọghị gị ọfụ ọnwụ, kama anyị gọrọ gị ọfụ ndụ." Ọbiọha wee sị, "Ọ bụrụ na anyị gọrọ ọfụ ọnwụ, a gaara ịhụ na ọ bụrụ na nke Elebeke na nke Arịsa adịghị ire, nke m gara ịdị ire, n'ihi na ị matara na m weere ụmụ nne na ibe nkè gị gọọ ọfụọjọ, na ọ gaara ịrụ gị ahụ." Omenukwụ wee sị "Ụmụ nne m, dịị m dị ụfọdụ ụbọchị a n'ile nile. Ahụrụ m na unu chọputara n'onwe unu na mmụọ nkè e ji adị ndụ, adịghị n'ime m mgbe m mere ihe ndị a. Ọzọ kwa, dịị m ka nwetakwara unu ụgbụ a ọbị dị m ụfọdụ nkè ukwuu. Zụwenụ ike ụmụ m." Omenukwụ wee sị ha ka ha chefuo ihe ọjọọ gafere, na ya ga-emewata ha nkè ọma.

Ọ rụọ n'echi ya, Okorafo wee ga ikpọ Omenukwụ ka ya sirị jee Arụ Ụlọ, kọọrọ ya dị ka Mazị Ọjị sirị nyere ya aka n'ụzọ nile, kọọkwaara ya ihe ya kwuru Mazị Ọjị na Mazị Ezuma na nke ya kwuru Okpara n'isi Arịsa. O kọkwaara Omenukwụ ihe Mazị Ọjị nyere Ọbiọha na nke Mazị Ezuma nyere Elebeke na nkè Okpara nyere Arịsa. Ya wee kọọrọ ya dị ka ha sịrị jekwuuru ndị na-egwu Ekpe n'otu ọbọdọ a na-akpọ Ọzụtem na ihe ha naara ya n'ịhụ ndị ya na ha sọ. Mgbe ọ kọsịrị ihe ndị a, Omenukwụ wee kelee Okorafo ekele nkè ukwuu, tụọ ya "Ọma ka m". Ọ sị ya na ọ mere ihe ya ga-eme ma ọ bụrụ na onwe ya jere. Omenukwụ wee zie ozi ka a kpọọ ndị nne madụ abụọ n'ime ndị ahụ. Mgbe ozi rụrụ ha n'ihụ wee bụọ ha Elebeke na Arịsa na Ọbiọha, ha wee tie mkpu juo sị, "Ọ bụ oleé ndị bụ ndị a?" Ome- nukwụ wee sị ha na ya si ka ha bịa sọọ ha hụ. Ndị nne madụ abụọ wee na-eche ihe nkè ahụ ga-apụta ịma e mesia. Mgbe Omenukwụ nyesịrị ndị Elebeke na Arịsa nri, ọ sị ha, "Echị ka unu ga-ala ma Arịsa na Elebeke agaghị eso unu, ha ga-anọ n'ụlọ m ruo otu onwụ. Omenukwụ wee kpọọ ndị nne Elebeke sị ha, "Gaannụ chọọrọ Elebeke ụmụ agbọghọ abụọ dị mma, mgbe okwu nile biri, bjawụ ghara ka ego nile ha, ma ga-eweta ego ka a kwụọ ndị mụrụ ụmụ agbọghọ ahụ, ha ha bụrụ ndinyom ụlọ Elebeke.

Ndị nwe Arịsa otu okwu a ka m gwara unu. Ndị nwe madụ abụọ nọ n'ụlọ a wee kelaa elele dị ukwu.1 Ha wee raa ụra. O mọ echi ya, ha wee laa. Mgbè Omenụkọ kpọrọ ndị ahụ nwe Arịsa na1 Elebeke, ndị ahụ atụghị egwu Ịga za okụ ahụ, n'ihi na onye Omenụkọ bụ́ Ịgwe, onye mbụ ọ kpọrọ ka ọ nyere ya aka n'ịga chọpụta n'ebe ndị ahụ va rere bị, gwara ndị ahụ nkwè nwe Arịsa na Elebeke ihe Omenụkọ na-achọ ka ya meere ha. Ya mere mgbè ọ kpọrọ ha, ha nwere ntụkwasị obi n'ihi na ha na-asị "Ị leghị anya'ọ okụ nke a Omenụkọ kpọrọ anyị ga-abụ okụ ụdọ." Ha wee jee ya'na-atụghị egwu. Mgbè ndị nwe madụ abụọ nọ n'ụlọ a ruru, ọ bughị ha ọrụ ịchọtara ndị ha nwaanyị dị ka ọ gwara ha. Ha alaghachị, wee gwa Omenụkọ ihe ha kwubiri n'umu agbọghọ anọ ahụ, nke Elebeke abụọ, nke Arịsa abụọ kwa. Ọ wee nye ha ego dị ka ha gwara ya, ha wee ga kwụọ.

Ọ rụọ mgbè otu onwa ahụ gwụsirị, mgbè madụ abụọ ndị ahụ ga-ala, Omenụkọ enye ha ego pound asaa asaa na ụmụ ihe dị iche iche. Ọ wee zie ndị nwe ha sí ka ha bịa. Ha wee bịa. Omenụkọ wee sie nri otu ọ cherere na ọ dị mma, ya na ndị ahụ wee rikọtaa. Omenụkọ wee sị ha, "Bịkọnụ gọọrọ m ofọ ka ihe ọjọọ gafere agafe gwụ onye ọ bụla n'obị." Ha wee gọọ ofọ, sí, "Ya dịkwara gị mma, dịkwara anyị mma. Ọkụ bụrụ nnu na mmanụ e mere gị ihe, ya emekwela anyị." Omenụkọ wee sị, "Ụmụ m, ụmụ ga-esoro ndị ụlọ unu laa, ma mma an'achọ ka m na-ahụ unu anya mgbè ọ bụla unu nwere ike ịbịa, ka mụ na unu nwe na-ahụrita onwe anyị anya." Ha wee kelee ya. "Ndewọọ Mazị." Ndị nwe ha ekeleekwa ha otu aka ahụ, ha wee laa.

Mgbè ha na-aga nwa nke nta, Omenụkọ dupụrụ otu madụ sị ka a kpọọghachị ha azụ. Mgbè ha batara, Omenụkọ wee sị ha, "Bịkọnụ, ụmụ nne m, arịọ m unu ka unu ghara ịjụ onye ọjụjụ banyere ịfe dị otu a n'ihi na ọ bughị ha dum ka m gba- latara. Echere m na ọ ga-eme ndị nwe madụ abụọ ndị nkè m na-ahụghị, obị ọjọọ ma unu nụrụwa ọfuụ nke ukwu." Ha wee sị Omenụkọ na ha ga-eme otu ọ chọrọ. Ọ wee kelee ha, ha ekelekwa ya. Ha wee laa.

Ọ rụọ otu ụbọchị nwanne nta Omenụkọ, a na-akpọ Ogbọnna na Obioha wee jeere ndị ọjọọ Ogbọnna. Ọ rụọ mgbè ha na-alaghachi Obioha wee na-ajụ Ogbọnna sị, "Gịnị mere nna anyị jịrị mee ka Elebeke na Arịsa laa ma ọ dịghị nkasị obi ọzọ o nyere m?" Ogbọnna wee sị ya na ọ ga-emere ya n'ihi na a dịghị echietara ya ihe oma echetara. Obioha wee sị na ọ dị mma. Ọ wee rụọ otu ụbọchị Ogbọnna kọọrọ Okorafo ihe a. Okorafo wee kọọrọ Omenụkọ. Ọ wee kpọọ Obioha sị ya, "Nwa m an'a m echeta gị, ma otu ihe mere n'ike ị matahị, ihe ahụ bụ na mbu, anyị ghapụrụ laa n'ụlọ onye eze Mgborogwụ. E mesịa onye eze wee nụụ, mụ onwe m abụrụ eze n'ọnọdụ ya. E mesịa ndị obodo ahụ ekwo- sawa m ekworo ọjọọ, m wee hapụ ebe ahụ wee puta n'ịkpa nke a birị, n'ihi ya abụghị m otu n'ime ndi Mgborogwụ, ozo kwa abughi m otu n'ime ndi ala anyị. Ugbu a ihe dị m n'obi bụ na aga m acho uzo ka mụ na madụ na mmụọ ndi m mejọrọ n'obodo anyị ka mụ na ha burukwa otu. Mgbe ahụ onye ọ bụla na-acho iju nwaanyị ka ọ gaa obodo anyị hụrụ. Nke Arịsa na Elebeke dị iche n'ihi na ha na-ala obodo anyị. Ị matara na ọ bụghi ihe dị mma ka madụ jiiri nwaanyị ọ tụtara na mba ọzọ mee isi nwaanyị ya. Mgbe mụ na ndị ala anyị hụrụ anya, aga m alụtara gi nwaanyị nke gi." Obioha wee si nna dị mma.

ISI NKE ITEGHETE

AGUU ILA OBODO EBE A MỤRỤ YA NA-AGỤ OMENỤKỤ

Mgbè Omenụkọ na-achọ mmekọ ya na ndị ala anyị, ọ nọdụrụ ala, wee chee ụzọ ọ ga-esi nwee mmekọta ahụ. Omenụkọ wee sị, "Ọ bụghị ihe ezi ezi ka m gaa rịọwa ndị ala ọzọ ka ha bịa mekwaara mụ na ndị ala m n'ihị na ọ dịghị okwu na-esere mụ na ha nke m ga-eji kpọwa madụ ka ha bịa kpekwaara mụ na ha. Kama amatara m na m mejọrọ ndị ala m. Aga m achọ ụzọ m ga-esi gakwuru ha, ma madụ ma mmụọ." N'ihị nké a Omenụkọ wee, sị, "Aga m ezikwa enyi m Igwe n'ihị na aghọ nke m rịọrọ ya benyere ndị m rererẹ; nupụrụ anụpụ." Omenụkọ wee zie ozi ka a kpooro ya enyi ya Igwe. Mgbe ozi ruru Igwe nti, o wee biakwute enyi ya Omenụkọ. Mgbe Omenụkọ hụrụ Igwe ka ọ na-abịa, Omenuk wee tụọ ya, "Ọ chọputa ihe furu efu!" Igwe wee tuchighị ya, "Ọ mere ka ọ kwụrụ!" Ha abụọ wee chiritaa ọchị, jurịtaakwá ọha." Omenụkọ wee nye enyi ya, Igwe, ọjị. Mgbe ha tasịrị ọjị, Omenụkọ asị Igwe, "Enyi m, ọ na-abụ ọkọ ịkwa madụ, madụ ibe ya akọọ ya, ma ọ kowa anụ ọhịa, ọ ga chịrwe ahụ ya n'ọsịsị. Biko mkpu nke m tikpuru gi na mbu, gi onwe gi gbatara mụ ọgụ ka nwoke. Na m alaka." Igwe wee naà ya aka. Omenụkọ wee sị ya, "Gee nti ugbu a. Emere m ihe ọjọọ n'ala anyị megide madụ na ndị mmụọ na mgbe dị anya, n'ihi na echiche m nile mgbe ahụ nke ndụ madụ na-amataghị. Ndi mmụọ matara ha. N'ihi ya, achọrọ m idebezi nke madụ na nke mmụọ.

Omenụkọ wee rịọrọ Igwe ihụ, sị, "Nwatakịrị gbara akwa ihe nnọ yara ara, a ga-eme ya anaa? Igwe wee si ya, "Ha bụrụghị ka a ga-esi mee ya, ka a ga-esi mee ya ga-adị." O wee sikwa Omenụkọ, "Gi onwe gi matara na anyị nwere n'obodo anyị onye isi ala na onye eze mmụọ. Anịche bụ onye nwere ike imejuputa obi madụ. Iyịukwa bụ onye eze mmụọ nwekwara ike imejuputa obi umụ mmụọ."

Omenụkọ asị ya, "Biko, gaa jutara m ihe m ga-eme ka obi wee di madụ na mmụọ mma, ka mụ na umụ madụ na umụ mmụọ gbaakwa ụrịkọ." Omenụkọ wee nye Igwe ego ọ ga-eji wee lute mai, ma wee jekwuru onye isi ala na onye eze mmụọ, ka ha wee gwa ya ihe ọ ga-eji mekwaa ụmụ mmụọ. Igwe wee kwe, laa.

Mgbè o ruru ụlọ, ọ wee lute mai jekwuru onye isi ala. Mgbè ha hụsịrị mai, Igwe wee gwa onye isi ala ahụ ihe ọ bịara. Onye isi ala wee tie mkpu sị, "Ọ bụghị nanị ntị m ga-anụ nke a, ya mere lawa ta a, ma biaghachị ụbọchị ọzọ, ka m kpọọ ụmụ nna anyị ka ha soro m nurụ ihe nke a." Igwe wee jụọ ya sị, "Ị chọrọ ka m bịa echi?" Onye isi ala wee sị ya na ọ dị mma ma ọ bịa echi. Igwe wee laa. Mgbè chi bọrọ, Igwe wee chọrọkwa mya ọzọ bụrụ gaa. Mgbè o rụrụ ụlọ onye isi ala, ha wee kelee onwe ha ekele. Igwe wee jụọ ya sị, "Oleè ndị ahụ i kwuru na ha ga-abịa?" Onye isi ala wee sị ya na ha ga-abịa na mgbè ahụ. Ha wee nọọ nwa nke nta, ha wee bịa. Igwe wee were mai nye onye isi ala kwuokwa ihe o jiiri bịa. Onye isi ala wee sị ndị nile nọ, "Nke a bụ ihe ọ gwara m ụnyahụ, m wee sị ya na aga m akpọ- kwa unu dum. Nịhị ya unu abịaala ụgbua; kwuonụ uche unu, n'ihị na ọ bughị ihe ịga n'ịzụ." Ha wee sị onye isi ala, "Kwuonụ ihe ị matara, ihe ị kwụrụ bụ ihe anyị kwụrụ." Onye isi ala wee sị Igwe, "Gee ntị ihe ị ga-agwa Omenụkọ. Sị ya weta otu oke ehi, akwa ọkukọ asatọ, otu oke ọkukọ na ji ukwu asatọ na ji nta asatọ." Onye isi ala wee sịkwa, "Ọ bụrụ na ọ mee ihe ndị a, obi ga-adị ụmụ madụ na ụmụ mmụọ ọcha n'ebe ọ nọ ma ọ bụrụ na ọ ga-abụkwa onye eze mmụọ anya, dị ka ọ hụrụ m." Igwe wee sị na Omenụkọ siri ya jekwụrụkwa onye eze mmụọ, bụ Iyịukwa, jụtakwa ya ihe ị ga-eme ka obi wee dịkwa ma madụ ma mmụọ mma. Igwe wee laa.

Ọ rụọ n'echi ya ọ chọrọkwa mai, bụrụ ya gaa n'ụlọ onye eze mmụọ wee sị ya, "Biko lekwa ihe Omenụkọ sị ka m pụta." Iyịukwa wee sị ya, "Lawa gaa sị Omenụkọ na m sịrị ya, nne atụrụ ga-epu mpi, ekwo dịkwa ya arọ." Igwe wee jụọ ya ihe ọkwu ahụ pụtara. Iyịukwa wee sị, "One- nukọ na-achọ ụdọ ụmụ mmụọ, ọ ga-enwekwa ike ime ihe dum a ga-asị ya mee!" Igwe wee sị ya, "Ọ ga-eme, biko, gụsịa ha ụgbua ka m nurụ." Onye eze mmụọ wee sị ya na ọ dị mma, wee malite ịgụ ya sị, "Otu nne atụrụ, otu nnekwu ọkukọ, otu oke ọkụkọ na akwá asatọ na otu akwá ọbọcha; otu abọ ji na abọ ede ọjị, ogbe ọjị, ose ọjị, oji anọ, ogu nzu anọ, mai ihe erughị ala, ite mai ngwọ, ite mai nkụwụ. Ọ bụrụ na Omenụkọ emeè ihe ndị a, ọ ga-adị mma." Igwe wee kelee ya, laa.

Ma e mesịa Iyịukwa, bụ onye eze mmụọ ahụ wee cheta na ya chefuru ịgwa Igwe na Omenụkọ agbaghị iweta abụba ụgọ anọ chara acha. Ọ wee zie ozi ka a kpọọrọ ya Igwe. Mgbè ozi rụrụ Igwe ntị, Igwe wee gaa n'ụlọ Iyịukwa. Mgbè ha zụkọ- tara Iyịukwa wee sị Igwe na otu ihe dị nke ya chefuru ịgwa ya. Ihe ahụ bụ na Omenụkọ agbaghị iweta abụba ụgọ anọ chara acha. Igwe wee laa, jikere jekwuru Omenụkọ wee gụsiara ya ihe onye isi ala kwuru na nke onye eze mmụọ kwuru.

Omenụkọ wee were ọnu nọra okwu ahụ dum. O wee si Igwe "Ọ bụ mgbè m wetara ihe ndị a ka anyị ga-anọdụ ala chee echiche ka a ga-esi mee ya." Igwe wee si ya, "Ee, dị ka ị kwuru dị mma." Omenụkọ wee sịkwa Igwe na nke ya ga-abụ mgbè Ikpeazụ. Igwe wee si Ome- nuko "Atụla uche maka nke m, ka anyị chọta ihe anyị na-achọ". Ha abụọ wee kwetaa n'otu ihe ahụ sị ka ọ dịwa, mgbè a rụsịrị ọrụ, e rie nni ọrụ.

ISI NKE IRI

MMEKỌTA OMENỤKỌ NA NDỊ ALA ANYỊ

Omenụkọ wee zịo ihe dum onye isi ala na onye eze mmụọ sịrị ya zụọ. Mgbè o na-azụ ihe ndị a a sịrị ya zụọ, ọ zụghị abụba ụgọ n'ihi na ọ ọwụre ụgọ abụọ ọ hapụrụ n'ụlọ ya nke ọ na-azụ azụ. Mgbè o zụtasịrị ihe ndị a, ọ wee zie ka a kpọọrọ ya Igwe. Mgbè ozi rụrụ Igwe ntị, ọ wee bịa. Omenụkọ wee sị Igwe na ya azụtala ihe dum a sịrị ya zụta. Igwe wee si Omenụkọ "Aga m ala gaa gwa onye isi ala na onye eze mmụọ, mgbè ahụ ha ga-agwa m otu a ga-eme ya." Omenụkọ wee sị Igwe na okwu ya dị ụto, ka e mee otu ahụ. Ọ rụọ echi ya, Igwe wee laa. Mgbè o ruru ụlọ, ọ jẹrụ ụlọ madụ ahụ, wee gwa ha na Omenụkọ azụtasiala ihe dum a gwara ya ka ọ zụta. O jụọ ha otu a ga-esi mee ya.

Ha wee sị ya ka ọ gwa Omenụkọ ka ọ wekọrọ ihe dum bịa n'onwe ya n'ihi na ọ bụghị ihe ọzị nzizi. N'ihi na a ga-ewere akụkọ okụkọ ụfọdụ mẹtụ ya n'ọnụ tụfuo, sịkwa ụfọdụ madụ ga-erịtụ ya nke nta nke nta. Ihe a kọrọ)ọrịkpọ nke madụ na nke ndị mmụọ ka ihe ahụ dum bụ. A ga-egbu ihe ahụ dum, sie ha, madụ dum erịtu ha n'otu n'otu ma onye mbyụ ma onye Ikpeazụ, n'ọtụ mgbè ahụ. Igwe wee sị ha na ọ bụ ezi okwu, na ya ga-ala jekwụrụkwa Omenụkọ gwa ya dị ka ha kwuru. Mgbè ahụ Omenụkọ ga-ejikere mara mgbè ọ ga-abịa. Ma; Igwe zipụrụ otu nwanta ụlọyakao jekwụrụ Omenụkọ gwa ya ihe haekwuru. Mgbè onye ụlọ Igwe jẹrụ, kọọrọ Omenụkọ ihe ndị ahụ saghachịrị Igwe, Omenụkọ ewepụta madụ abụọ ndị ụlọ ya tinyere onye ụlọ enyi ya Igwe, nye ha oke ehi ahụ, sị ha nye enyi ya Igwe ka ọ debere rụọ abalị anọ mgbè ya ga-abịa. O sịkwa ya ziẹ uzo madụ abụọ ahụ na ya aghaghị ịbia n'abali anọ ahụ. Ndị ahụ wee bilie gaa dị ka ọ gwara ha. Omenụkọ wee kpoo ụmụ nne ya sị ha, "Nyerenu m aka ka anyị chepụta ụzọ m ga-esi wee jee ije m a." Ha nile wee kwekọtas na Omenụkọ na Nwabuze ga-eso ije.

O rụọ n'ịzụ ahụ a kara aka, Omenụkọ wee kwakọrọ ihe ya nile, jide otu ụgọ n'ime ụgọ abụọ ahụ ọ na-azụ azụ. Karia ka ọ ga-efọpụta abụba ụgọ dị ka a gwara ya, ọ were ụgọ n'onwe ya na-eje. Mgbè o rutere ọbọdọ anyị, ọ baa n'ụlọ enyi ya Igwe. Ma mgbè o rutere bụ n'abalị. O wee ziẹ ọzi ka a gwara ụzọ madụ ahụ ka ya abiala, na ọ bụ echi ka ọhụhụ anya ga-abụ. Mgbè ọzi ruru ndị ahụ ntị, ha wee si na ọ dị mma. Omenụkọ, "Onye nọ n'ụlọ ya eche madụ ukwu adịghị egbu ya." Omenụkọ wee juọ enyi ya, sị, "Biko enyi m, a ga-eme ụka maị anaa? N'ihị na echefuru m izi gi ọzi banyere ya n'ụbọchị m nyere chi." Igwe wee si ya, "Atụla egwu, dị ka anyị chọrọ, anyị ga-elute ma ọ bụrụ na anyị agaghị inweta". Igwe wee sịkwa na nke ya na-aghaghị iga ụka ya bụ maị ike enweghị ala. O wee gaa laghachị. Omenụkọ na Igwe ararụghị ụra n'abalị ahụ, tuturu chi abọọ, ebe ha nọ na-akpa ihe 'nile dị ha mma.

Nwabuze na Ełebekẹ na Arịsa, ọ fọdụrụ nke nta ma ha ararụghị ụra dị ka Igwe na Ome- nuko. O ruo n'echi ya, Igwe wee dụpụ madụ, ndị ga-eje chọta maị. Mgbè ha laghachiri, Igwe na Omenụkọ wee dụpụ otu madụ ka ọ ga gwa onye isi ala na onye eze mmụọ na ha na-abia ngwa ngwa. Ha wee jikere, ga n'ụlọ onye isi ala. Ha wee zipụ otu madụ ka ọ ga gwa ndị ọ chọrọ n'okwu ahụ na Omenụkọ abiala. Mgbè ndị ahụ ọ chọrọ batasịrị, ha enweghị Omenụkọ ojị n'ihị na ha aka-abaghị ọrịkọ ahụ ha biararụ igba. Ha wee sị Omenụkọ ya mee ihe ọ chọrọ ime. O wee kpụta chi ahụ na akwa ọkụkọ asatọ na otu oke ọkụkọ ọcha na ị ji ukwu asatọ na ị ji nta asatọ, sị Igwe na ya ewere ihe ndị a nye ndị ala ka ya na ha na wee gbaa ọrịkọ, ka obi ha dịkwa ọcha n'ebe ya no site n'ụbọchị ahụ wee gawa. Omenụkọ wee sịkwa ha, "Bikonụ onye ọ bụla hụrụ m ka ọ chetakwa na abụ m nke unu, na unu bukwara nke m. Site na taa a wee gawa n'ịhụ, ọ dị ihe ọ bụla m mehịere na mgbè gara aga ka a gwa m ụzọ m ga-esi mekwara ya; aghaghị m ime dị ka ụnu chọrọ; ọ dịghị iwụ dị n'ọbọdọ anyị nke m na-adịghị echeta, ọ bụladị n'ebe ahụ m bị ugbu a; ọ bukwara iwụ ala anyị ka m na-esọ." Igwe wee kelee ya, wee were ihe ndị ahụ dum chọ n'ịhụ onye isi ala sị ya, "Lekwa ihe ndị a a sị ka Omenụkọ zụta ka e wee gbaa ọrịkọ.

Ọ wee yowa atanyị, udele na-abịa.

Ọzọ kwakwaa ndị a anyị jiri ntị anyị nụ ha ụgbu
a." Onye isi ala wee were ihe ahụ dum chie n'ịhụ ndị
zukọrọ, kwuokwa otu okwu ahụ Igwe kwuru. Ha wee
kelee Igwe, keleekwa Omenụkọ. Ha wee gụpụta ụmụ
ọkọrọbịa ha jide chi ahụ gbụo. Ha wee jide ehị gbụo
ya, werekwa ọkụkọ ọcha ahụ gbụo. Ha ebịpụ isị ehị

85

ahụ dọkọta ya na ọzụ ọkụkọ ahụ, werekwa otu ite siewe isi ehi na ọzụ ọkụkọ ahụ. Nke ahụ bụ nke nna anyị ha. E mesịakwa ha were akwa ọkụkọ anọ tinye n'otu ite ahụ, werekwa ịjị ukwu asatọ basịa ha, jịbịsịe ha mkpịrịkpị mkpịrịkpị tinyekwa n'otu ite ahụ. Mgbè isị ehị ahụ ghere, ha alụọpụ ite, gusịa ihe ahụ dum n'otu ụgbọ. Ha wee kpụkọsịa isị ehị ahụ wee bọkasịa ọzụ ọkụkọ ahụ, kewasịa akwa ọkụkọ anọ ahụ. Ihe ndị a bụ ihe a ga-ejị ekele nna unu anyị ha ka obi wee dị ha n'ọ site n'ịwere ụfọdụ n'ịme ihe ahụ ma ọ bụ n'ịhụ unu e sịrị, tukwasị n'elu ofo ukwu onye isị ala.

Ma e mesịja, ụmụ ntakịrị abịa na-atutụrụ ihe ndị ahụ a tukwasịrị n'ọfọ. Mgbè nke a gafesịrị ha ewepụta akwa ọkụkọ nke a na-esighị esị, dọte ya n'ịhụ ọha madụ. Onye isị ala wee pụta, were akwa ọkụkọ ahụ hie ya n'ọnụ ụgbọ anọ na-asị, "Ma m kwuru mma, ma m kwuru njọ megide Omenụkọ na ụmụ nne ya, ọ bụ njọ ahụ ka anyị na-echichapụ ta a. Anyị na ha aburukwala nna na nwa. Nna nna anyị ha nụrụnụ, olu madụ bụ olu mmụọ, anyị na ha aburukwala otu. Ihe anyị na-asọ nsọ ka ha na-asọkwa nsọ ugbu a. Ihe anyị na-eri ka ha na-eri ugbu a. Ihe na-azọ anyị ndụ ga na-azọkwa ha ndụ ugbu a. Ihe na-egbu anyị ga na-egbukwa ha ugbu a." Mgbè onye isị ala kwusịrị nke a, onye ọ bụla bilie, ọ were otu akwa hie n'ọnụ kwuokwa otu ihe ahụ onye isị ala kwuru tutuu ha dum ekwuzuo. Omenụkọ kwụkwara otu ịbẹ ya kwụrụ. Mgbè nke a gasịrị e wee gwa otu madụ ka ọ chịkọrọ akwa ọkụkọ ahụ ga tufusie n'ajọ ọhịa. Onye ahụ wee mee otu a. Mgbè ahụ ha amalite ịta anyụ ọkụkọ na ịsị ehị na akwa ọkụkọ nke e sirị esị. Ha ebirisija ha dum n'ụgbọ anụ, gwọọ ose na manụ, madụ nile were ritasija anụ ahụ na jị ahụ. Ha wee bọkasija ehị ahụ nye onye ọ bụla nke ruwere ya. Ha ebụputa maị dum ha dobara wee ńụụwa. Mgbè ha na-anụ ya, Omenụkọ wee sị ha, "Biko ụmụ nna m agaghị m agbọdụ tutuu a ńụsija maị nile n'ịhị na aghaghị m ịjẹ ụlọ onye eze mmụọ ta a". Ha wee nye ya ike ka ọ jẹ. Omenụkọ na Igwe ejịkerekwa n'otu mgbè ahụ gaa ụlọ onye eze mmụọ. Mgbè ha ruru ụlọ ya, ha wee kwasịta ihe maị a sịrị ya zukọta, nke bụ ihe ndị a: otu nne atụrụ, otu nnwekwa ọkụkọ, otu oke ọkpa, akwa ọkụkọ asatọ, akwa ọgbọha, àbò jị, abò ede, otu ogbè ọjị, otu ogbè ose ọjị, ogu nzu anọ, maị ike erughị ala. O wee maji ńgwọ, ite maị ńkwụ, na ugo. Omenụkọ wee si Igwe ka o were ihe ndị a nye Ịyịukwa, na ọ dịghị ihe ọjọọ ọzọ ya chọrọ karia ka e mee ka obi dị ụmụ madụ na ụmụ mmụọ mma n'ebe ya nọ, ka obi dịkwa ha ọcha n'ebe ya nọ.

Ugbu a na ihe ya biara bụ igba ọrịkọ nke madụ na nke mmụọ. Igwe wee sị, "Onye eze mmụọ, lekwa ihe Ome- nuko wetara dị ka a gwara ya weta. Ị hụrụ ụgbu a na a gwara ya weta abụba ugo, ma o wetala ugo ńdụ; ọzọ a sịrị ya weta akwa ọgbọcha ma ọ zụtala ụlọ akwa ọgbọcha. Ihe ndị a sịrị ka ọchịchọ ya sịrị dị ya n'obị. Nke a bụ ihe ndị ahụ dum ị gusịrị". Onye eze mmụọ wee bilie nawa Omenụkọ na Igwe aka, sị ha, "Ma onye mbụ ma onye abụọ ụmụ dị ike." Onye eze mmụọ wee baa n'ime ụlọ ya wee atanu ya na ọ na-ejị akpokọta udele, pụọ n'ezi sị "Aga m amata ụgbụ a ma obị dịkwa ụmụ mmụọ ọcha." O wee yowa atanyị, ọ na-ada, "Tínọm! Tínọm! tínọm! tínọm! tínọm! tínọm! tínọm! tínọm! tínọm!" Na nnwa ńgbẹ nta udele esikwa n'ịhụ na-abịa, sị n'azụ na-abịa. Ịyịukwa wee gbàghachị azụ, were otu ọkụkọ gbụo ya ńgwà ńgwà; ọ birisịa ya irịghiri irịghiri na-atụpụrụ udele ahụ dum, ha na-eburu na-elọ. Mgbè ahụ Ịyịukwa wee gbàghachị n'ụlọ sị Omenụkọ, "Naa m aka, ihe dum ga-adị mma." Ọ bụ ezi okwu na o yọrọ atanyị udele wee bja, ma ị ga-amata na ọ bụla anụ ọhịa nke dị n'ụzọ karịsịa iwe ya ka ị nwere n'ụlọ, yụọ ya ahụ ọ bụla ị chọrọ ọ gaghị adị anya ọ zawa ahụ gị. Otu a ka ọ dị n'ebe Ịyịukwa na atanyị na udele dị. Udele amatala na mgbè ọ bụla Ịyịukwa yoro atanyị ahụ na ọ bụ ha ka a na-akpọ.

Mgbè ihe ndị a gasịrị, Ịyịukwa wee were otu oke ọkụkọ ahụ gbụọ, gbụokwa nne atụrụ ahụ, werekwa ọzụ ọkụkọ ahụ, siewe ha n'otu ite, werekwa

jị ole na ole basịa ha, were ha siewe anụ atụrụ na anụ
ọkụkọ ahụ, werekwa akwa ọkụkọ anọ ahụ, tinye n'otu
ite ahụ. Mgbè ha nọ na-esị ha, Ịyịukwa ewerekwa
akwa ọkụkọ anọ ozọ fọdụrụ, werekwa ogbẹ ọjị ahụ
yịwaa ya, gbụputa otu mkpurụ ọjị, gbọwụankwa
ogbẹ ose ọjị anọ, werekwa ogu nzu abụọ, weputakwa
maị ike erughị ala ahụ dị n'akaramà, dokọtaa ha dum
n'otu ebe, wee malite ịwere akwa ọkụkọ hie n'ọnụ sị,
"Onyụ kwụrụ n'ọ sịte ta a anyị ekwughasịala, onụ
madụ bụ onụ mmụọ." O werekwa ọjị meekwa otu aka
ahụ. O werekwa nzu meekwa otu aka ahụ, werekwa
maị akaramà ahụ, gbụchaa onụ ụgbọ asaa, sịkwa
Omenụkọ, ya mee otu ahụ; o wee mee otu ahụ.
Ịyịukwa wee chịkọrọ ihe ndị a ga ghahu n'a n'ọhịa,
laghachị.

O werekwa akwa ọgbọcha, savara otu ukwụ ya,
ma kwụnye ya n'ịhụ mmụọ, werekwa ogu nzu abụọ
tinyekwa ha n'ịhụ mmụọ, fopụ- kwa abụba ụgọ anọ,
tinyekwa ha n'ịhụ mmụọ. O wee ghụrụ otu mkpurụ
ọjị wee gowa ọfọ na-asị "Omenụkọ biakwutere unu
ka unu na ya rịkọ, ọnụ madụ bụ ọnụ mmụọ. Ihe ndị a
ọ wetara dị m obi ụto, m wee jụọ unu ma unu kwere
dị ka mụ onwe m kwere, unu wee zị m na unu kwere,
site n'ịzịte udele ka ha bịa rie aja dum anyị chụọrọ
unu, site na nke a, arịọ m unu ka unu site ta a nwee
obị ọma n'ebè Omenụkọ na ndị ya nọ." O wee wụa

ọji, nye Omenụkọ, nyekwa Igwe na ndị ozo nọ ya. Ịyịunukwa ewerekwara ose ọjị taa ọjị nke ya bụọ n'ọfọ ya. Mgbè nke a gafesịrị, ha wee fọpụ ite ahụ ha siwere n'okụ. Ha wee birisịa anụ atụrụ na anụ ọkụkọ ahụ ha siri esị. Ha ewerekwala ole na ole tụpụ n'ihụ mmụọ, wee tawa nke fọdụrụ na-anụ kwa maị ńgwọ na maị ńkwụ ahụ, nke ahụ pụtara na a gbala ọrịkọ nke madụ na nke mmụọ. Mgbè ike Ịyịu ma gwụrụ ha, Omenụkọ wee rịọ onye eze mmụọ sị ya ga-ala.

Ha dum wee kelerịtaa onwe ha ekele. Omenụkọ na Igwe wee bilie laa n'ụlọ Igwe. O ruo n'echi ya Omenụkọ wee sị Igwe, "Aga m ala ụgbụ a, ọ ga-eche mgbè ị ga-enweta ọghere ka ị bịa n'ụlọ m, ka anyị nọdụ ala kpaanụ ka ije anyị siri gaa". Igwe wee sị ya na ọ dị mma. Ome- nuko wee jikere laa. Ma mgbè ọ ruru ụlọ, ọ kpọkọtaa ụmụ nne ya, kọọrọ ha otu ya na Igwe siri jè. Ha dum wee nụrụa ọńụ nke ukwuu. Ọ ruo ka ụbọchị ole na ole gafere, Omenụkọ wee kpọkọtaa ndị nile ọ na-achị wee sị ha, "Achọrọ m ka m mee ka unu mara ta a na mụ na ndị obodo anyị abụrụla otu site ta a wee gawa n'ịhụ.

Ka anyị malite ịjọ nrọ ka anyị na-ejegharị n'obodo anyị n'ehihie na n'abalị. Onye chọrọ ije ala anyị ga-ejeikwa. Onye chọrọ ịlụ nwanyị n'ala anyị nwere ike ime otu ahụ. Onye ndị obodo anyị bịara ịlụ nwa ya, ya kwere, ma ọ bụrụ ezị madụ sitere n'ezị ụlọ, n'ihị na mụ na ndị madụ n'agbụrụ ahụ m mere, ma agbataghị m ha dum. n'ihị na otu nwata, a na ya bụ Oti, anwụọla. Otu onye n'ime ndị ịbụ m, ahụkwaghị m ya, amataghị m ebe ha refere ya; site n'ihi ya a ga-ata m ụta ihe m mere na mgbè gara aga. Ma, a gaghi ata m ụta ụgbụ a, n'ịhị na asịrị m ndị nwe onye ahụ a hụghị anya na ọ dị ụzọ ọ bụla e siri chọta ya na agbaghị m ịchọta ebe ọ bi, gbatakwara ya. Site na mgbè ahụ m jị hapụ obodo m, ọ bụ ezie na ebe m bi na ndị m adịghị ato m ụdị ọ ka o kwesịrị, ma ụgbụ a obị dị m ụto karịja, ma a sị na ọnwụ abiakwutere m ụgbụ a, ọ gaghi atu m egwu n'ihị na agaghị m ekwuto ọnụ tutuu ekwubie m ụme ńdụ. Ọ gwụsịa ihe m sịị ka m kọọrọ unu."

ỊSỊ NKE IRỊ NA OTU
OWUWU ỤLỌ OMENỤKỌ NA ỤMỤ NNE YA

Omenụkọ nwere ihe nke ukwu. Ọ bụ onye ukwu n'ihe nile. Omenụkọ bụ onye madụ ga-ahụ sị na ọ bụ ọgaranya n'ezie, n'ihi na ọ bara ụba ego, nke ahụ abụrụ otụ. Ọ bara ụba n'ụdịnyom, nke ahụ abụrụ abụọ. Ọ bakwara ụba ụmụ nnwanyọm na ụmụ nwokọm. Ọ bụ ezie na ọ bụ ihe banyere Omenụkọ ka m na-ako, ma Omenụkọ na ụmụ nne ya dị anọ, nke mere ha ise bụ nnwanaa ha bụ Obiọha. N'ime Omenụkọ na ụmụ nne ya, aga m akpọpcha ha bụ madụ anọ ndị ọgaranya n'ihi na ha dum bara ụba dị ka Omenụkọ. Site n'ihi nke a ha ewee ha ka otu obodo, nweekwa otu eze dị ka ndị ozo nnwere, ya bụ Omenụkọ. Ọ wee malite iwu ụlọ ya na ụmụ nne ya. Ọ bụrụ na ị bụrụ dị ka Omenụkọ siri wuo ụlọ, obi ga-atọ gị ụto karịa. Aga m ejisi ike zịi otu ha siri wuo ụlọ ha, dị ka m nwere ike izị.

Gee ntị. Ha wụrụ ụlọ ha otu a, ha jiri ajịa mbaara gbaa ụlọ ha gburugburu. Ọ dị akụkụ anọ e gburu ajị mbaara ahụ, ndị nile Omenụkọ na-achị bi n'ime ya. Ọ dịghị onye ọ bụla n'ịme ha nke bipụrụ ebipu, kama ha nile bi n'ime obodo ahụ gburugburu. Lee ihe nleta na ụdị miri akwụkwọ nọdu a, ọ bụ ka Omenụkọ na ụmụ nne ya siri gbuo ja'chere obodo, na ajịa chere ụlọ na ụlọ. Leekwa ụdị miri akwụkwọ edo edo nke ga-ezị dị ka ha siri wuo ụlọ ha. Ụdị miri akwụkwọ ojị ga-ezị ebe ha nwere ibo ọnu ụzọ ama ha n'ichị n'iche. Lezie anya nke oma n'etịtị ụdị miri akwụkwọ nọdu na ụdị miri akwụkwọ edo edo ahụ. I ga-ahụ na ọ dị ọcha, nke bụ okporo ụzọ njigharị dị iche iche dị n'ime mbaara ezị Omenụkọ na ụmụ nne ya. Aga m ewere mkpụrụ akwụkwọ gụo ha aha. Omenụkọ nwe ụlọ "A", Okorafọ nwe ụlọ "B". Nwabueze nwekwạ ụlọ "GB", Ọgbọnnaya nwekwạ ụlọ "D". Obiọha nwekwạ ụlọ "E". Leekwa anya n'ụlọ Omenụkọ gburugburu. Ụlọ nke mbụ bụ ụlọ nwokọm n'ị gburugburu ụlọ nke abụọ bụ ụlọ nwanyịm. Ụlọ ụkwụ abụọ dị n'etịtị, otu n'aka nri, otu n'aka ekpe, ha bụ ụlọ abụọ Omenụkọ. Otu bụ ebe ọ na-arahụ ura n'abalị, otu bukwa ebe ọ na-anọ onọdụ ehihie. Ọ bụrụ na Omenụkọ ebie otu ọnu n'otu ụlọ, ọ kwalie ihe ya tegharia n'ụlọ nke ọzọ.

Ọ bụkwa otu ọnu n'ụlọ nke a n'ehihie, ọ biekwạ otu ọnu n'ụlọ ọzọ n'abalị. Omenụkọ nwere n'ịdịnyom nke onye ọ bụla na-enweghị ike igụta ọnu ma ọ bụghị naanị ụmụ nne ya, ndị ụlọ ha, ndị na-anọ ha n'eso. Dị ka Omenụkọ siri nwee n'ịdịnyom, otu aka ahụ ka ha na-amụtaara ya ụmụ nwokọm na ụmụ nwanyịm. Ụmụ nne ya, madụ atọ ahụ, nwekwara n'ịdịnyom ọtụtụ, nweekwa ụmụ ọtụtụ. Omenụkọ nwere ọtụtụ n'ịdịnyom, ma ọ na-elekọta ha dum anya dị ka onye na-alụ otu nwanyị. Ya na n'ịdịnyom ya dị n'otu. Mgbè Omenụkọ wusịrị ụlọ, dị ka ya na ndị ala anyị gbaalarị ọrịkọ, ọ wee gaa ala anyị, lụtaara Obiọha ụmụ agbọhọ atọ tojuru etoju. Otụtụ madụ ga-eche na ụlọ ndị a bụ ụlọ gbambam; ha abụghị, kama ha bụ ụlọ atanị nke bụ akịrịka ngwọ.

Mgbè ọ wusiri ụlọ ndị a, gbusia ha ajịa, ọ zie ndị eze ndị ọzọ nke ala Ndị Mgbọrogwụ ka ha "bia letara ya ụlọ ya. Ndị eze ahụ wee kwuo ụbọchị ha ga-eleta ya ụlọ ahụ. Ha wee zie Omenụkọ ụbọchị ha ga-abia; Omenụkọ wee jikere ihe ọ ga-eji lee ha ọbịa; ụbọchị wee zuo ndị eze ahụ wee bia. Omenụkọ wee sooro ha ọjị, durukwa ha gaa gburugburu ụlọ ya na ụmụ nne ya. Ihe ndị eze ahụ hụrụ n'ime gburugburu ụlọ Omenụkọ na ụmụ nne ya bụ ha ihe itụ n'anya karia. Ha dị ọgụ ndị eze abụọ na ise. Ha dum wee nyewee ya ihe nleta) ụlọ ahụ ha bịara ileta. Ụfọdụ wee nye ya ego otu pound, ụfọdụ enyekwa ya ego shilling iri na ise; ụfọdụ nyere ya shilling iri. N'ime ndị eze ahụ dum, ọ dighị onye nyere karia otu pound, ọ dighikwa onye nyere nke nta karia shilling ise.

Maadu asaa nyere ya otu pound, otu pound, madu iri na ato nyere shilling iri na ise, shilling iri na ise; madu toolu nyere shilling iri shilling iri; madu iri na asaa nyekwara shilling ise, shilling ise. Mgbè Omenuko na- tasiri otutu ego ndi a, o wee kelee ha ekele di ukwu, n'ihi na ha mere karia di ka Omenuko chere. Omenuko wee buputa nri di iche iche nke o siiri ha, nye ha. O gburu otu ehi, gbuokwa otutu ewu. Anu ewu ka o jiri teere ha ofe, ma anu ehi ahu ka o bokasiri sie ya nwa nke nta, e mesia o foo anu ehi ahu dum n'abo ato. Mgbè ha risiri nri na-anu mai, Omenuko wee gwa ndi ya ka ha buputa anu ehi ahu; ha wee mee otu ahu. Omenuko wee chee ya n'ihu ndi eze ahu, si ha na o bu ha nwe. Ndi eze ahu wee kelee Omenuko nke ukwu.

Ndi eze dum wee" "kee anu ehi ahu. Otu onye ketara ka ibe ya ketakwara. Ha wee nusia mai, kelee Omenuko, laa. Mgbè nke a gasiri, Omenuko wee zie ndi ozi ala anyi ka ha bia letara ya ulo oburu nke o wuru. Ha wee gwa ya ubochi mgbè ha ga-abia. O ruo ubochi ha kara aka, ndi eze amatala di ka ha si eme ma ihe di otu a puta. Ha wee jide onye o bula onyinyere nke aka ya, nke o ga-enye Omenuko. Mgbè ha ruru ulo Omenuko, ha wee hu di ka o siri wuo ulo ya ahu. O di ha mma n'anya nke ukwu. Ha wee too ya, si ya na o bu dimkpa. Mgbè Omenuko mekwasiri ha, ya bu mgbè o nyēsiri ha nri na mai ha erie, ńuokwa; ha wee nyewee ya ego. Ufodu nyere ya otu pound; ufodu nyere ya shilling iri na ise; ma ndi nyere ya otu pound karii ndi nyere ya shilling iri na ise; Omenuko wee kelee ha ekele nke ukwu, baa n'ulo, buputa anu ehi, foo ya n'abo di ka o mere ndi eze ndi bījara n'ulo ya n'oge gara aga. Ndi eze ala anyi wee kelee ya, ha dum wee na-etu ya aha, na-asi ya, "Omenuko aku, Omenuko ko aku." Mgbè ha kesiri anu ehi ahu, ha wee noziekwa n'orii na n'obuhu nke Omenuko chere n'ihu ha. Ha eriwe ruo mgbè ura biara hań'anya, ha wee gaa rahu ura. Mgbè chi boro, Omenuko wee siere ha nri ututu, ha erisia, kelee ya, laa.

ISI NKE IRI NA ABỤỌ

ỌBỤBA EZE UKWU OMENỤKỌ NA MMEGIDE NKE NDỊ EZE NDỊ ỌZỌ

Omenụkọ wee na-aga n'ịhụ n'ụba, ya na ibe ya. E mesịa Ndị Bekee ahụ na ọ bụ madụ nwere uche ukwu n'ịchịjị ya, ha wee mee ya onye ukwu karia ndị eze ndị ọzọ. Ndị Bekee mere ya ka ọ na-ekpe ifodu n'ụlọ ya, ọ wee na-eme otu a na-aga n'ịhụ. Mgbè Ndị Bekee hụrụ na ọ na-aga n'ịhụ, na ọ bụ ezi onye ikpe, ha enye ya ike karia dị ka ha nyere ya mmbụ. Ha enye ya onye ode akwụkwo, nyekwa ya ndị ozi nlọ ikpe. Mgbè ihe ndị a na-aga n'ịhụ, ndị eze ọzọ dum dịkwa n'ọkpụrụ Omenụkọ.

Ndị eze nile wee sị, "Ee-e, nke a agaghị eme n'ala anyị a. Onye bīara abịa ịbụ onye isi anyị nile. Ọ bụrụ na ọ ga-abụ Government, ya ga n'ọbodo nke ya, ọ gaghị anọ n'ọbọdọ anyị." (Chetaanu na Omenụkọ bị N'ịkpa Oyi; ọ ka- alagaghịdị ala ebe a mụrụ ya.) Ha wee kwọoswa ya ekworo, ga'kwuru Ndị Bekee n'Awka, kwuoro ha na ọ gaghị emekwara ha onye eze ukwu, na ya onwe ya bụ Omenụkọ bụ onye ala ọzọ. Ma Ndị Bekee egaghị ha n'ị n'ọkwụ ahụ, n'ihi na

Omenụkọ n'onwe ya abụghị onye a ga-asị na ọ bukwanụghị onye eze ukwu. Mgbè ndị eze ahụ hụrụ na ihe ha na-ekwụ adịghị ndị Bekee ka ọ bụ ezi okwu, ha aga nọdu ala chekwakwa ụzọ ha ga-esi mee ya n'ike.

Mgbè ha nọ na-eche, iba ụba Omenụkọ na-agakwaị n'ịhụ. Mgbè ndị nile gbara ọbọdọ ghuru'ghuru hụrụ na ọ dịghị ụzọ ọ bula Omenụkọ siri zịpụta na ya nwere ohi ndị eze na ise ndị na-ekwosa ya ekworo, otụtụ madụ wee chegbaria uche, na-achọ ka Omenụkọ buru enyi ha. O bụghị n'ụzọ aghụghọ, kama n'ọhị aka ha. Omenụkọ wee kwe ka ya na ndị ahụ buru enyi, obị wee tọọ ndị ahụ ụto nke ukwu, n'ihi na ọ bụrụ na Omenụkọ ajụ sị na ya achọghị ịbụ enyi ha, ọ ga-adịrị ndị ahụ njọ nke ukwu, mgbè ahụ ọ ga-eme ha elu eru aka, ala eru aka. Site na nke a ndị nile chọrọ iji mma nne Omenụkọ, la- kwụụrụ ya na-enyere ya aka n'ịhụ nile. Ndị nile a lakwụụrụ Omenụkọ na-akụ ọrụ ga sọọrọ ya ala; mgbè oge ọkụkọ ruuru, ha agakwa sọrọ ya kọọ jị ya, mgbè oge ibọ ya ahịhịa ruwara, ndịnyom nile ụlọ ndị ahụ abịakwa bọọrụ ya ahịhịa. Oge ịkpụkwa aja mbara ruo, ha akụọ ọrụ gaasọ ịkpụchịe aja. Oge e ji agbanwe ụlọ atanị ruo, ha aga sọọ gbanwee ụlọ atanị. Mgbè ihe ndị a na-aga n'ịhụ ruo ihe ha ka afo asaa, ma ọ bụ asatọ, ndị eze ahụ ebịelịekwa site n'ụzọ ọzọ pụlite ekworo. Ha wee ga n'iọ onye eze ahụ nwe ala Ịkpa Oyi ahụ, nke Omenụkọ sụchạpụụara wuo ụlọ ya, sị ya gwa Omenụkọ ka ọ pụọ n'ala ahụ. Onye eze ahụ nwe ala ahụ wee sị "Ee-e, ọ bụ nanị ma unu nụoro m iyi sị na unu enweghị ike ọzọ ịhapụ ịkwụ sị Omenụkọ zọliere arụ n'ala a mgbè anyị palitere ịkwụ ya ekwọ." Ha wee kwere, nụoro ya ezi iyi si onye ọ bụla ga-ekwukata okwu ụlọ Omenụkọ hapụ, arụsị ahụ gbụọ ya.

Ha wee duru onye eze ahụ gakwuru Ndị Bekee, sị ya gwa Ndị Bekee ihe ọ chọrọ igwa ha. Eze ahụ wee gwa D.C. na ala ebe ahụ Omenụkọ wụrụ ụlọ bụ ala nke ya, na ya agaghị ya si ya zọliere ya n'ala ya, ma ọ kwēghị. Onye eze wee sị D.C. "Agwala m ya n'ịhe, gwakwa ya na nro, ma Omenụkọ egeghị ntị, site n'ịhị ya ọ bụrụ na ọ dịghị anụ okwu Igbo, biko ka ị gwa ya n'okwu Bekee, e leghị anya'nke ahụ ka ọ ga-anụ, wee zọliitere m n'ala m." D.C. ajụọ onye eze ahụ sị, "Afọ nke a mere ya afọ ole Omenụkọ jiri pụọ obī n'ebe ahụ?" Onye eze azaghachi D.C. sị, "Afọ n'ke a mere ya afọ asaa." D.C. ajụọ onye eze a sị, "Site na afọ asaa ahụ ruo taa, ụgbo ole ka ị gwara ya zọliere gị n'ala gị?" Onye eze ahụ wee sị, "Ọ dịghị mgbè ọ bụla m gwara ya zọliere m n'ala ahụ, kama mụ onwe m agwala ya sị ya kwụọ m ụgwọ ala ahụ, ma ọ geghị ntị." D.C. wee sị onye eze ahụ, "Echere m na ị kwụrụ ụgwọ a sị na gị agwala ya n'ịhe, gwakwa ya na nro, sị ya pụọrọ gị, ma ọ geghị ntị, ma okwu ikpe azụ ị kwụrụ ụgbo a bụ na gị aka-agwaghị ya ka ọ zọliere gị n'ala gị nke mbụ, kama na ịhẹ gị gwara ya bụ ka ọ kwụọ gị ụgwọ banyere ala ahụ, ma ọ geghị ntị.

Ụzọ okwu gị abụọ, olee nke bụ ezi okwu?" Onye eze ahụ wee sị, "Nke mbụ bụ ezi okwu." D.C. wee sị ya, "Ya bụ na nke abụọ bụ okwu ụgha?" Ọ wee sị, "Ee." D.C. wee sị onye eze ahụ, "Echere m na ọ bụ unu na-ekpe ndị okwu ụgha ikpe, sị ha gaa ụlọ/mkpọrọ n'ịhị na ha kwuru okwu ụgha; ọ bụghị otu a?" Onye eze wee sị, "Nna anyị, gbaghara m otu mmehie nke a; agaghị m ekwukwa okwu ụgha ọzọ." D.C. wee sị ya, "Ọ dị mma, agbaghara m gị nke a, ma ị ga-echeta na ọ dị ụzọ okwu abụọ ị kwuru, e mesịa ị kwụghachi sị na nke ikpe azụ bụ okwu ụgha, ma ọ gaghị adị m ụto ma mgbè Omenụkọ ga-abia n'ebe a, gị na ya ga-ekpe n'ịhụ m ịchopụta na okwu gị dum bụ okwu ụgha. Ya bụ okwu ị kwụrụ ụgbu a bụ ezi okwu n'ịhị na ọ bụrụ na e mesịa chopụta na ha dum bụ okwu ụgha, mata n'ke ọma na ị ghaghị ije mkpọrọ." Onye eze wee sị D.C. "Omenụkọ bụ onye ọka okwu nke ukwu, e leghị anya mgbè ọ ga-abia n'ebe a, ọ ga-agọnarị m, ị ga-asịkwa na abụ m onye okwu ụgha, na mụ ekwuole okwu ụgha." Onye eze wee tụọ otu ilu sị "Kama m ga-eriju afọ dachie ụzọ agụọ gụwa m."

Nke a pụtara karịị ya ka ga-esite na ya na-ekpe Omenụkọ ikpe wee baa ụlọ mkpọrọ ka a kwụsị ma nke mbụ ma nke abụọ. D.C. wee jụọ ya sị, "Okwu gị a pụtara gịnị?" Onye eze wee sị, "Echere m ka a kwụsị ụzọ okwu abụọ ahụ; n'ịhị na achọghị m ịga ụlọ mkpọrọ. Omenụkọ ga-agọnarị m mgbè ọ bịara." D.C. wee sị ka ha laa, ga chee echiche banyere okwu ahụ, bịakwara kwụọ ya ezi okwu. Ha wee kwee, laa. D.C. wee na-ele anya ka ha ha bịakwara ọzọ kwụọ ya ihe ha chetara ma ha abịaghị tụhụ rụọ otụtụ ụbọchị.

Ọ rụọ otu ụbọchị D.C. wee zịe ozi ka a gwa Omenụkọ na ya na-achọ ịhụ ya, ọ ziekwara onye eze ahụ ka ọ bịa ọhụ. Ahọchị ahụ, Mgbè Omenụkọ na onye eze ahụ bịara n'ịhụ D.C., D.C. wee jụọ ha abụọ ma ọ dị okwu na-esere ha. Omenụkọ wee sị, "Ọ dịghị okwu na-esere mụ na Chief Ike, karia ekworo na mụ ebe nà-a ekwọsa m." D.C. wee jụọ onye eze ahụ sị, "Gịnị ka ị kwụrụ banyere ajụjụ m jụrụ ụnu?" Onye zaa sị, "Ọ dịghị okwu na-esere mụ na Chief Omenụkọ izile." D.C. wee jụọ onye eze ahụ sị, "Omenụkọ ọ zọliere gị n'ala gị ahụ ụgbu a? Omenụkọ, ọ kwụọla gị ụgwọ?" Onye eze ahụ wee sị D.C., "Nna anyị, hapụ, okwu ahụ agwụsịala." D.C. wee jụọ Omenụkọ, ma ọ dị mgbè ọ bụla ya na Ike kwụrụ ihe banyere ala ebe ahụ ọ wụrụ ụlọ. Omenụkọ wee sị, "Ọ dịghị, nna anyị." D.C. wee sị ha, "Laanụ."

Ha wee laa. Ma Omenụkọ nọ na-eche ihe banyere ajụjụ ndị a D.C. jụrụ ya na Ike. Site n'ịhị na ọ bụ nanị ajụjụ, ọ dịghị ụzọ ọ bụla e siri mee ya nkowaa, n'ịhị nke a Ome- nuko wee jekwuru D.C. sị ya na ajụjụ ahụ n'ke ọ jụrụ ya na Ike ma ọ dịghị ụzọ ọ siri mee ya nkowaa, na mgbè ya rụrụ ụlọ wee chee ihe banyere ajụjụ ahụ na ọ dịghị ya obi mma n'ịhị na ya amataghị isi ya. Omenụkọ wee sị ya na ọ bụ ihe a mere ya jiri bịa ya ka rịọ ya ka ọ kowaara ya isi okwu ahụ. D.C. wee sị Omenụkọ, na ọ bụghị ihe dị mkpa ka ya kowaara ya isi ya n'ịhị na onye ya jụrụ ajụjụ amatala isi ihe kpatara ya jiri jụọ ya ajụjụ dị otu a.

D.C. wee sị, "Ma ọ bụrụ na ọ dị gị mkpa ka ị mata isi ya, aga m akọrọ gị, n'ịhị na amatara m gị ama. Eg bụ ọ bụ na ọ bụ okwu abụghị ezi okwu, atụkwasiiri m obi na ị gaghi eji ya mee okwu ma ọ bụ mee ihe. Ihe mere m jiri jụọ ụnu ajụjụ ahụ bụ na enyi mụ na gị, bụ Ike, na ndị eze ndị ọzọ bịakwụtere m n'ebe a kwuoro m okwu ụgha sị na ebe ahụ ị wụrụ ụlọ bụ ala Ike. Site n'ịhị ya Ike wee sị m na ya na-agwọ gị zọliere ya n'ala ya ma gị egeghị ya ntị. Ike asịkwa e leghi anya na gị adịghị anụ okwu Igbo, ya mere ka m gwa gị n'okwu Bekee ka ị zọliere ya n'ala ya, n'ịhị na ya agwala gị kwụọ ya ụgwọ banyere ala ahụ, gị ajụ. E mesịa, m wee chopụta na okwu ya dum bụ okwu ụgha, m wee nye ya mgbè, sị ya gaa chee echiche bịagbachikwa gwa m nke bụ ezi okwu, ma ọ bịaghikwa igwa m ihe banyere ya ọzọ. Site n'ịhị nke ahụ wee kpọọ ụnu, bụ madụ abụọ ka ụnu zukọtaa n'ịhụ m, m wee jụọ ụnu ajụjụ ahụ, gị onwe gị nụrụ ihe ọ sịrị, ọ sị m ka a hapụ okwu ahụ, ọ gwụala. Ya mere, dị ka ọ kwụrụ sị ka a hapụ okwu na ọ gwụla, mụ onwe m kwekwara ka a hapụ ya".

Omenụkọ wee sị D.C., "Gị onwe gị nọ n'etiti mụ na dị ka ibo nọ n'etiti mkpụrụ na ịhụ ụlọ, gị onwe gị na-anata ikpe mụ na ha, na-amata- kwa njehie mụ na ha. Site n'ịhị ya ka m jiri sị gị na gị onwe gị nọ ka ibo ụnu zọ mkpụrụ n'ke na-ahụ ihe na-eme na mkpụrụ na-ahụkwa ihe na-eme n'ịhụ ụlọ. Ekwe m, i sị m hapụ, ahapụla m." Omenụkọ wee kelee D.C., laa.

Mgbè Omenụkọ rụrụ ụlọ, ọ wee kpọkọtaa ndi ya dum, kọọrọ ịhẹ ihe Ike na ndị eze ndị ọzọ gara gwa D.C. ma D.C. egeghị ha ntị. "Ya mere ọ dịghị okwu dị ya karịa ekworo ndị ala a na-ekwoosa m." Nke a bụ ihe Omenụkọ gwara ha. "Ọ kwuokwa sị, "Ọ dịghị onye ọ bụla m jị ụgwọ n'ebe a ma n'obodọ anyị. Ụgwo m matara m jị ụmụ madụ bụ ụgwo amara na ụgwọ ịhụ- nanya, n'ịhị na Chineke emeela m ka m dị ukwuu hiekwa mme, ma ọ bụghị ọhị ka m zuru wee dị ukwuu. Ọ bụrụ na madụ ga-asị na mụ koro ọfọ ọgọrị site na mgbè m rẹrẹ ụmụ n'ọzị ọzọ n'obodọ anyị, n'ke a bụ ezi okwu.

Ma ọ dịghị onye ọ bụla n'etiti ndị eze n'ebe a n'ke m rẹrẹ nwa ya. Anyị ga-ala obodọ anyị ma ọ bụrụ na ọ dị ụzọ ọ bụla Ndị Bekee siri gwa m ka m laa obodọ anyị, n'ịhị na mgbè ọ bụla n'ụche m, ọ dịghị ihe ha nwere ike ime m. Ma a chọọ m a hụghịkwa m, ọ ga-adị njọ dị ka m chere." Ndị ụlọ Omenụkọ nile wee sị, "Obi ga-adị anyị ụto ịla n'obodọ anyị, karia esemokwu mgbè dum." Omenụkọ wee sị, "Ya bụ ka ọ dị anyị n'obi na anyị agaghị ịla." Ome- nuko na-abakwụ ụba ya na-aga n'ihu; ọchịchị ya na-amakwa Ndị Government mma n'ke ukwu, n'ịhị na ọ na-achị n'ke oma n'anya ha.

ISỊ NKE IRI NA ATỌ
EKWORO IKPE AZỤ

Ọhu mba na isii wee jikọtaa onwe ha imegide Omenụkọ. Ha wee kwuo n'ime nzuko ha sị na ha ga-eje lụsọ Omenụkọ na ndị ya ọgụ, ihe ọ pụtara ya pụtara ha, ma ọ bụ ndụ ma ọ bụ ọnwụ, na ha ekwerele. Ụfọdụ n'ime ha wee chee sị, "Ebe Omenụkọ bụ Nyirima nnwụ; e leghị anya ọ ga-anyịkwa anyị n'ịlụsi ya ọgụ." Ndị a wee depụ wee ga gbaara Omenụkọ ama ịhẹ ha kwuru, ka ha wee gbara ịhụ n'ahụ Omenụkọ; nụkwasi ọbi ndị ahụ gbara ama bụ na Omenụkọ agbaghị ịhụ ụzọ ga kọọrọ Ndị Government, mgbè ahụ Ndị Government agbaghị ịgọchị ọbụ ahụ. Ma ndị ahụ amataghị na Omenụkọ na ndị ya nwere ọbi ike, jikerekwara ịlụsi ha ọgụ bụ ọhu mba na isiị ahụ. Omenụkọ wee kpokọtaa ndị ya, sị ha, "Anyị agbaghị ịlụsi ndị a ọgụ ma ha bịa n'ezie. Ma otu ihe dị n'ike anyị ga-amatara tụụrụ a lụọ ọgụ ahụ, ọ bụ na ndị Bekee agaghị enwe obi ụto n'ịhị na ma m lụọ ọgụ, ma aghaghị m ịlụ ya n'ịhị na ha bụrụ ogu bịa n'ụlọ m. Ogu dị otu a abụghị ọgụ a asara aka, n'ke ọ ga-abụ m sọrọ lụọ, a tawa m ụta, sị na ọ kwesịghị ka m sọrọ lụọ ya, ma n'ke a bụ ndị iro m na-achọ ịwakpo mụ na ndị m ka ha gbusie anyị. Ya mere, anyị ga-azọ onwe anyị. Amatala m na ọ bụrụ na a lụrụ ya, na anyị aghaghị ịla obodo anyị." Omenụkọ na ndị ya wee jikeresie ike na-eche nche.

Ọ wee rụọ ụbọchị ọhụ mba na isii ahụ kara ịlụ ọgụ ahụ, ha wee bia malite site n'ịgbusi mkpụrụ akukụ n'ke dị n'ụbi Omenụkọ, ma kọọ ma ukam, ma ụmere. Mgbè ahụ Omenụkọ wee si ndị ya, "Ka ọ bụrụ ụgbu a". Ndị Omenụkọ wee gaa mba ha egbe, gbatụọ otu nwoke merụọ- kwa ụfọdụ madụ ahụ, onye ahụ a gbàra egbe wee daa, nwụọ. Mgbè ọhụ mba na isii ahụ hụrụ na otu onye ha anwụọla, ha ejisie ike ịgbukwa otu onye n'ime Ndị Omenụkọ. Otu madụ anwụọ na ndị a, otu madụ anwụọkwa na ndị n'ime Omenụkọ. **Ụgwo** na ụgwọ wee laa. Ndị eze ahụ eburo onye gaa Awka; Omenụkọ eburokwa onye ya gaa Awka. Mgbè **ụzo** mba ahụ bụuru ndị ahụ e gbùrụ egbu rụọ Awka, D.C. wee puta hụ ozụ madụ abụọ ahụ, jụọ ha ihe mere ha. Omenụkọ wee sị D.C, "Beleek biko jụọ ọhụ mba na isiị ihe m mere, ha jị wee nọkọtaa nzukọ sị na ha aghaghị ịgbu mụ na ndị m. Site n'ịhị na ha kwụrụ na nzukọ ha, ma ha wee waa n'ụlọ m ta a, mgbè ndị m pụtara ịgbọchị ha, ha wee tigbuo otu madụ n'ime ndị m, na-achọkwa ịzọ ịbụru ozụ laa. E leghi anya ka ha wee hụ ụzo agbụghọ ha ga-esi na ọ dịghị onye ha gbụrụ. Ma ọtụtụ ihe ga-abu ihe ga-agba aka ebe megide ha. Ha bịara malite ịgbọchi na ụkam na ụmẹrẹ m kuru n'ụbị m.

Mgbè ha na-eme ihe ndị a ọ dịghị onye ọ bụla sitere n'ụlọ m gbọchiri ha emekwala ihe ahụ, ruo mgbè ọtụtụ ha chere ịhụ n'ụlọ m. Ndị m wee pụta ịgbọchi ha, ha wee tigbuo nwoke a. Ya mere m sị ndị m ka ha gbàgbụọ otu madụ n'ime ha. Ndị m wee mee otu a, ha wee gbalaga. Ma ndị m jidere madụ atọ n'ime ha ndị gbahịere ụzọ. Mgbè ndị eze a nụrụ ụda egbe nke ndị m. nụkwara otu onye n'ime ha adaaala n'ala nwụọ ha gbara oso, n'ịhị na ha ejighi egbe ha bia. Ndị bụ onye m ahụ ha tigburu na-ala wee nụ na ha jị ọso alagbachị azụ, ha wee tụpụ ozụ madụ ahụ n'ala wee gbalaga, m wee gwa ndị m ka ha ga bụtekwa ozụ onye ụlọ anyị ahụ. Ha wee mee otu a. Mgbè ndị eze a na-agba oso ndụ ha, ha hapụrụ ozụ onye nke ha laa. Madụ atọ n'ime ha, ndị ahụ ndị m jidere ka m gwara ka ha burụkwa ozụ onye ha laa. Ha wee buru ozụ ya laa.

Ihe ọzọ m ga-ekwu karia nke a bụ, jụọ- kwa ndị ozi ụlọ ikpe na onye ode akwụkwọ ụlọ ikpe-aha obodo m, ha ga-akọrọ gị ihe ha hụrụ. D.C. wee jụọ ọhụ mba na isii sị, "**Ụnụ anụla** ihe Omenụkọ kwụrụ ụgbu a?" Ha wee sị, "Ee, anyị anụla". D.C. wee jụọ ha sị, "**Ọlee nke bụ** ezi okwụ?" Ha wee sị na okwu ya ụfọdụ bụ ezi okwụ, ụfọdụ bụkwa okwu ụgha. D.C.

ajụọ ha sị, "**Ọlee nke bụ okwu ụgha?**" Ha asị na ha kwuru sị Omenụkọ laa obodo ya. D.C. wee sị, "Ọ bụghị ihe a jụrụ ụnu, geenụ ntị, ụnu wara n'ụlọ Omenụkọ ma ọ bụ na ụnu awaghị?" Ha wee sị na ha awaghị, kama na ha gara n'ụbị kọọ ya na-egbụsi koko na ụmẹrẹ ma ụkam dị ya; Omenụkọ wee chirị ndị ya puta gbawa ha egbe wee gbatụọ nwoke ahụ e gbụrụ egbu." D.C. wee jụọ ha sị, "**Ụnụ matara na ọ bụ ụnu ka Ike** ogu a ga-ama?" Ha wee sị, "Ee". D.C. wee sị ha, "**Ụnụ matara ihe ogu a pụtara ụnu?**" Ha wee sị ya ihe ọ pụtara ya pụtara ha, tụụrụ rụọ mgbè ha bụrụ ụzọ ba ga-esi gbụọ Omenụkọ n'onwe ya, na mgbè ahụ ka ha ga-ege ntị n'ihe D.C. na-ekwụ. Ndị eze ahụ wee gwa D.C. sị, "O bụru na i na-achọ ka i gbusie anyị dum n'ịhị Omenụkọ bụ onye ọbia n'obodọ anyị a, o dị anyị mma karia anyị anyị ịhụ ntị anyị." D.C. wee nụ okwụ ọjọọ a nile ha kwuru na-atughị ụjọ ma ọ bụ egwụ ọ bụla. D.C. wee sị ha, "Bụrunụ ozụ abụọ ndị a ga-elie bianachinụ n'abalị ano." Ha wee burụ ndị ahụ e gbụrụ egbu wee laa.

O rụọ n'echi ya, D.C. wee dụpụ onye ozi ya, onye Police, sị ya ka ọ gaa kpọọ Omenụkọ. Onye ozi ahụ wee gaa kpọọ Omenụkọ. O soro onye ozi ahụ rụọ Awka, ọtụ ụbọchị ahụ. D.C. wee dụbata Omenụkọ n'ime ụlọ, wee jụọ ya sị, "Gwa m ihe ịbụ ezi okwụ banyere ihe ndị a na-ekwụ, ha na-ekwusi ike na ị ga

bụ ọbia n'ala ha, na obodọ ị ga dị n'okpụrụ Okigwi.”
Omenụkọ wee sị D.C., “Araghị m agwa gị okwụ
ụgha. Obodọ nke m dị n'okpụrụ Okigwi dị ka ha
kwuru.” D.C. wee sị Omenụkọ; “Amataghị m ihe m
ga-agwa gị nke ga-eme ka obi gị dị mma, ma ihe dị
m n'ịzọ karia ịbụ ịhụ na ọhụ mba na isii a lịrị ọnwụ
liakwa ụlọ mkporo, hakwa ichiri ndị agha nke Ndị
Bekee jekwuru ha, na iweụ ndị eze ha n'ọche ikpe.
Ihe gbaara m ama ihe ọjọọ ga-apụta bụ na ha atughị
egwụ n'ịkwere na ha wara n'ụlọ gị, ha atughịkwa
egwụ n'ịkwụ na ha agaghị ezu ike tutuu ha egbuo gị
onwe gị.

Ya bụ okwụ mkpụ m kwuru sị, 'Ihe ga-adị m n'ịzọ karia ịbụ ịhụ na ọhụ mba na isiị a na-elefụ ọnwụ anya n'ịgbu gị n'ịhị na ha nwere ike ịchọpụta otu madụ na-abụghị ezi madụ, onye ahụ na-elefụ ọnwụ anya were egbe gbagbuo gi. Mgbè ahụ gini ka m ga-eme ma ọ bụghị ịgbu nwoke ahụ na-abụghị ezi madụ, n'ịhị na ọ ga-apụta kwere. N'ịhị ya ọ bụghị nanị n'ebe a ka a maara aha gị, a matara aha gị n'Okigwi na n'ebe ọzọ. Ya mere aga m asị gị jikere laa obodo gị n'ụdọ. O dịghị ihe ọjọọ ọ bụla m chọpụtara n'ahụ gị, bụ ihe joro njọ nke ga-eme ka ị ghara ịnọkwa n'ọnọdụ ịchị achị gị." Omenụkọ wee sị D.C., "Gịnị bụ ahụhụ ị ga-enye ha banyere ọwụwa ha wara n'ụlọ m, n'ịhị na ọ bụrụ na e nyeghi ha ahụhụ siri ike, ha ga-elere ihe dị otu a anya wee mere ihe ọjọọ ọzọ nke ga-ajọkarị nke a? Aga m esite ta a jikere ihe m, ziekwa ndị ala m ka ha bịa kwara ihe m.

Anụrụ m okwu gị, ya mere ka i site n'ụbọchị ta a mara na ekwerele m ịla obodo nke m, n'ịhị na o dịghị onye ọ bụla m ji ugwu n'obodo nke m." D.C. wee sị Omenụkọ, "Mgbè ị jikere ịla, ị ghaghị ime ká m mara." Omenụkọ wee kelee D.C. laghachị n'ụlọ ya, wee kpọọ ndị ya nile, kọọrọ ha ihe ya na D.C. kwuru. Ha nile wee ịịrịa ọňụ, "Ọ ka mma ka anyị laa na ndụ karịa ịla n'ọnwụ." Omenụkọ wee sị ndị ya, "N'ezie anyị aghaghị ịla obodo anyị n'ịhị na ọ bụrụ na nwoke ọ bụla apụlite ihu ọgụ, ọ ga-achọpụta isi ihe bụ isi ihe sere uka, mataakwa ụrụ ọgụ ahụ ga-abara ya, ma n'ime esemokwụ mụ na ndị a, o dịghị ụrụ ọ ga-abara m, ahụkwaghị m ụrụ ọ ga-abara ha. Ya mere ka anyị

laa obodo anyị, ka ndị ochịojị nke ga-apụta n'ọnụ taa
ala nna ha, tagburu ọnwụ ha."

ISI IRI NA ANỌ

NLAGHACHỊ OMENỤKỌ NA ỤMỤ NNEYA N'OBODO ANYỊ!

Omenụkọ wee họpụta madụ asatọ, zipụ ha ka ha gaa gwa ndị ezi obodo anyị ihe mereị. O sịkwa ha ka ha gaa madụ abụọ n'ụlọ onye eze ọ bụla dị n'ala anyị, n'ịhị na ọ dị isi ọbịrịị na isi dị n'obodo anyị, isi obodo ọ bụla nwere eze nke ya. Omenụkọ wee sị ndị ọ zipụrụ ka ha rịọ ndị eze ala anyị ahụ ka ha nyere ya aka site n'ịme ka otutụ madụ bịa kwakọtara ya ihe, n'ịhị na ya na-ejikere ịlaghachị n'obodo anyị mgbè ọ bụla a kwazịrị ihe ya, ma ọ bụ ta a ma ọ bụ echi. Mgbè ndị ahụ e zipụrụ jụrụ wee zie ozi Omenụkọ zịrị, ndị eze ala anyị ahụ wee nara ozi ahụ. O dịghị onye eze ọlụ ọ bụla nụrụ ozị ahụ chewẹ- kwa ihe ọzọ. Ndị eze ala dum wee zịrịtee onwe ha ozị sị ka onye eze ọ bụla were ịkwa ekpe kụọrọ ụmụ ọkorọbia sị ha jikere n'ụtụtụ echi ya, sọrọ Omenụkọ na ụmụ nne ya kwakọtaa ihe; na ha ga na-eje ya ruo mgbè ihe ha dum gwụsịrị n'ịkpa Oyị ahụ. Mgbè ndị eze zukọsịrị gbasara, nkwá ha adawa agbara nghara, "kpa kpa, kpo kpa," I gee ntị n'ebe nke a, ọ na-ada, i geekwa n'ị n'ebe ọzọ, ọ na-ada, otu aka ahụ.

Mgbè ọ rụrụ n'echi ya, a sị na ọ dị onye ike na-adịghị nke nọchịrị n'ụzọ n'ụbọchị ahụ, ụmụ ọkọrọbịa na ndịnyom gaara iji okpa zọgbụọ onye ahụ. Site n'ụbọchị ha malitere ịga bụkọtaà ihe ahụ, ọ dịghị izu madụ, kọrọ n'ụzọ ahụ, tutuu ọ rụo abalị toolu, ihe ha wee latazịa n'obodo anyị. N'ụbọchị nke mere ya abalị iri, Omenụkọ wee ga kọọrọ D.C. na ọ bụ n'echi ka ya ga-ebili laa obodo anyị. D.C. wee sị ya, "Ọ dị mma otu i na-achọ ime, ma i mere ndị gị na ihe gị dum ahaa?" O wee sị ya na ihe ya dum alaala ala anyị. D.C. wee juokwa ya sị, "Ị ga-eme ụlọ gị ahụ ahaa?" Omenụkọ wee sị, "Aga m ahapụ ụlọ ahụ ka ọhịa tọkpọọ ha, ka ha dasịa." D.C. wee sị ya, "Ụlọ gị ahụ adịghị mma ka ha mebie emeebie". Omenụkọ wee sị ya, "Aga m enye ọtụtụ ndị enyí m ihe ndị ọzọ, ma ọ dịghị onye ọ bụla m nwere ike inye ụlọ m ahụ." D.C. wee sị ya na ọ wụtara ya nke ukwu dị ka ụlọ ahụ dum ga-esi laa n'iyi na ọ ga-adị mma ma ndị enyị Omenụkọ zụọ ha kwụọ ugwo. Omenụkọ wee sị, "Onye ọ bụla m hụrụ n'ụlọ m ahụ aga m emesị onye ahụ ụka nke ya ịchẹ; mgbe ụlọ ahụ dum dasịrị n'ala. Ọ dị onye chọrọ ibi n'ebe ahụ ya gaa birị, ma ụgbụ a, ekweghị m." D.C. wee sị ya, "Ọ dị mma, mgbe ị rụrụ ala gị zụta ike, mgbe ị chọrọ Warrant gị, bịa hụ m anya ka m nye gị akwụkwọ ike ị ga-enye D.C. nke Okigwi".

Omenụkọ wee sị D.C., "Aga m abịa ma ọ bụghị ka i lee anya m n'afọ a ma ọ bụ n'afọ ọzọ, n'ịhị na onye ọ bụla bụ onye eze ga-enwe ụlọ ebe ndị enyị ya gana-abụta ịhụ ya." D.C. wee sị ya na ọ dị mma. Omenụkọ wee kelee ya, ha abụọ ekwerịtaa onwe ha n'aka. Omenụkọ wee laa. N'ụbọchị nke mere ya ụbọchị iri na otu Omenụkọ wee bụpụta egbe ukwu anọ nke a na-akpọ kurutu, sụọ ha nsi egbe nke ọma bụrụ egbe ano ahụ rịgọọ n'elu ugwu, doo ha n'ụsọrọ, họpụta ezi ụmụ dịmka ịri na isii, sị ha chere rụọ mgbe a gbara egbe anọ ahụ, ka ha bụrụ egbe anọ ahụ laa. Oge wee rụọ mgbe Omenụkọ jikere ila ma ọ bụ ibili lawa ala anyị. Otu onye n'ime ụmụ dịmkpa ahụ wee were okụ gbara ọsọ ga mụnye n'ebe ahụ, nya bụ na n'ụtụtụ ahụ, nke mbụ adaa, nke abụọ adaakwa, nke atọ na nke anọ adaakwa. Omenụkọ wee sị ndị nile guzoro ya nso, "Agbara m egbe ukwu a ka ha bụ ndị ọbọdọ a wee mara mgbe m bịlirị, onye chọrọ ịhụ onụ ka ọ hụrịwa, onye chọkwara ikwa akwa ka ọ malite ụgbụ a kwawa." Mgbe ahụ ndị dịmkpa ahụ a họpụtara biara bụlie kurutu anọ ahụ, ọ bụrụ ụlụ.

Mgbe Omenụkọ na ndị ya rụtere obodo anyị, a sụọkwa kurutu anọ ahụ gbaakwa, ka onye ọ bụla wee mata mgbe Omenụkọ na ụmụ nne ya jịrị rụte ala anyị.

Enweghị m ike ikọ nke ọma n'afọ ahụ mgbe Omenụkọ sịrị n'obodo anyị gbagpu laa ndị Mgbọrọgwụ. Ma afọ Omenụkọ sikwara na mgbapụ ya laghachikwara obodo anyị bụ n'afọ 1918 na ngwụcha onwa nke iri. Mgbe Omenụkọ nọrọ nwa oge dị anya n'agaghị iji ndị Bekee ihe banyere ọnọdụ ya, ụfọdụ madụ wee malite ịjụ ihe iwu Omenụkọ wee gwa ha na ọ dịghị ya oke mgba ịba eze ụlọ ike gaa n'ihu, na ihe ike na-aghaghị ime bụ na ya aghaghị iji isi ike na- enyere Ndị Gọọment aka, ma mgbe ha chọrọ inye aka. Ma okwu a adịghị ndị obodo anyị ụtọ ịhụ na Omenụkọ juru ịbụ onye eze ụkwụ ahụ dị ka ndị Bekee na-achọ ka ọ bụrụ.

Omenụkọ wee sị, "Emeele m onye eze ụkwụ, ọha madụ hụkwara ọchịchị nke m, tookwa m; site n'ịhị nke a aga m abụrụ madụ ime ụdọ n'obodo m, dịkwara ndị Gọọment, nke a ga-enyere m aka na ndị m." Omenụkọ wee mee dị ka ọ kwuru.

ISI IRI NA ISE

NDỤ OMENỤKỌ N'IME OBODO ANYỊ!

Omenụkọ wee wuo ọtụtụ ụlọ dị iche iche ya na ndị ya. Ọ mere ka ụmụ ya ndịkom nile gawa ụlọ akwụkwọ, ma ụfọdụ n'ime ụmụ ya dịrị ndị na-achọ iputa n'ụlọ akwụkwọ site ebe ha sịrị laghachị n'ịhị na ọtụtụ n'ime ụmụ ya agafeelerị akwụkwọ isiị, mgbe ahụ ha laghachịrị obodo anyị. Site n'afọ 1918 ahụ ha laghachịrị obodo anyị, ọ dịghị afọ gaaferị ịghị ahụ ka ọtụtụ ụmụ ma ọ bụ abụọ n'akwụkwọ isiị. Ọ dịghịkwa afọ pụtara nke a na-aghaghị ahụ ọtụtụ n'ime ụmụ ya ka ọ gara ozi ndị Bekee. Ọtụtụ nọkwa ụmụ ya na ozị n'ụzọ ụgbọ ala, ọtụtụ nọkwa n'ụlọ ahịa.

Omenụkọ nọ-aga ụlọ ikpe, ma ọ bụghị onye eze ụlọ ikpe. Ọ bụrụ na ọ ruo ụlọ ikpe, ọ gaa nọdụ n'ụ ụ-eche ndị ụlọ ikpe i che dị ka onyeị twụ. Ọ bụrụ na ndị ezi ụlọ ikpe ekpee ikpe nmeegide mgbe Omenụkọ n'ọ ụlọ ikpe, ọ bụ ezie na ọ bụghị onye eze warrant ma ọ dịghị atụ ya ụtụ ihe dị otu ahụ ka ọ na-aga n'ịhụ. Ya mere mgbe ọ bụla ndị ezi ụlọ ikpe hụrụ ya na ọ biara ụlọ ikpe, onye ọ bụla ga na-eche onwe ya nche ma n'okwu ma n'omume. Ị ga-amata nke ọma na madụ dị iche iche dị n'ụwa nke a anyị n'ọ nime ya, ọ bụghị madụ dum hụrụ Omenụkọ n'anya, n'ịhị na madụ ụfọdụ na-achọ ọrịrị ọrịrị, ma ha adịghị achọ ka madụ rie nke ha. Site n'ịhị ihe dị otu a, Omenụkọ enweghị oghere ịmezuru ụmụ elu ụwa ndị maara ya, ka ha chọrọ. Ya mere ụfọdụ wee hụ ya n'anya, ụfọdụ akpọkwa omume ya asị.

Ma onye ọ bụla maara ihe ọma na ihe ọjọọ ga-amatakwa na Omenụkọ bụ madụ ọha; site n'ịhị ya, ndị hụrụ ya n'anya karịrị ndị nke na-ahụghị ya n'anya n'ọbọdọ anyị ruo ta a. Edere m akwụkwọ a ma ọ bụ akụkọ banyere ndụ Mazị Omenụkọ nke onye ọ bụla gụrụ ya na-aghaghị imụta ihe site na ndụ ya. A chịtụ ọchị a kwatụ akwa dị n'ụwa nke a ga-eme ka onye ọ bụla na-achọ amamihe mara ihe. Omenụkọ sitere mgbe ọ dị na nwannta wee gba, ma ọ ruo mgbe ọ toruru dịmkpa, ego ya wee gbanarị ya, ịwe na ọñụma wee sị ya gaa nwụọ, zuru ike, ụdọ na ihunanya wee sị ya chiere, na akwaghị akwa nke aha ya bụ onwụ di n'ihu. Omenụkọ wee dị ndụ ruo ta a.

Ọ na-arụkwa orụ ọma ọgologo ndụ ya nile. Mgbe ọ bụla ọ chọrọ ime ihe, ọ na-achọ mgbe ọma ka o wee zi amamihe ya. Madụ nile ga-amụta ihe banyere ụkọ ego dị ụgbụ a. Site n'afọ 1929 ruo ụbọchị ta a, ụfọdụ madụ kere ego ụdọ, tụọkwa ya mkpọrọ ka

ọ wee ghara ịgbaranị ha. Omenụkọ bụ otu n'ime ndị
ahụ. Ọtụtụ madụ na-akwa akwa banyere ụkọ ego, ma
Mazị Omenụkọ dị ka m chere, na mgbe ọ bụla ọ
chọrọ ime ihe ọ bụla, ọ na-eche mgbe ọma ka o wee
zi amamihe ya. Ụgbụ a ego kọrọ nke ukwuu, ọ bụ
ezie, ma ihe aha Omenụkọ a pụtara ma a sụgharia ya
bụ, "O Me N'Ụkọ Akụ." Nke ahụ bụ aha nna ya gụrụ
ya. Site n'ịhị aha dị otu a Omenụkọ nwere, sitekwa
na ihe ọ bụla ọ chọrọ ime, ọ ghaghị izi amamihe n'ime
ya. Omenụkọ wee malite iwu ụlọ elu n'afọ ụkọ ego a
ka ọ wee mee dị ka aha nna ya gụrụ ya si dị, nke bụ
"O Me N'Ụkọ Akụ."

Ọ gwụla.